突撃　お宝発掘部

# 深く静かに掘りかえせ！

麻生俊平

角川文庫　12152

JN285993

# 目次

プロローグ　五
『深く静かに掘りかえせ！』　一五
エピローグ　二三〇
あとがき　二三四

カバー・口絵・本文イラスト／別天荒人
口絵デザイン／矢部政人

# プロローグ

かざした松明《たいまつ》が、石に覆《おお》われた遺跡《いせき》の通路を照らし出す。顔を見合わせ、うなずくと、二人は内部へと歩を進めた。炎《ほのお》の揺《ゆ》らぎが、濃《こ》い影《かげ》に怪《あや》しげなダンスを踊《おど》らせる。神か、精霊《せいれい》か、あるいは魔《ま》物《もの》か。石の壁《かべ》に彫《ほ》られたいくつもの異形の顔が、二人の侵入者《しんにゅうしゃ》を無言で見詰《みつ》めている。いや、見詰めているというのは人間の奢《おご》りかもしれない。かの異形の者たちは、卑小《ひしょう》な人間ごときを意に介《かい》していないということも大いにあり得るだろうから。

しばらくは石畳《いしだたみ》を噛《か》むキャラバンシューズの靴音《くつおと》が響《ひび》くだけだった。

「陽《よう》さん――」

低いささやきに呼び止められて、先を行っていた男――陽介《ようすけ》が立ち止まる。声をかけた男は、先に立つ男の広い肩《かた》に太った大きな蜘蛛《くも》が這《は》っているのに気付いたのだ。慎重《しんちょう》な手つきで払《はら》い落とす。

「史郎《しろう》――」

「あ、やっぱり？」

最初に声をかけた男──史郎は、今度は自分の背中を相手に向けた。小柄《こがら》な背中にびっしりと張り付いた蜘蛛の群れ。すでに何匹《なんびき》かは肩を越《こ》えて胸のほうにまで這ってこようとしている。

陽介はスコップを摑《つか》むと、やや無雑作な手つきで、相方の背中にたかった二〇匹ほどの蜘蛛の群れを払い落とした。

「ありがとう、陽さん」

再び、奥《おく》に向かって歩き出す。

「止まって、陽さん」

史郎が警告の声を発し、二人はまた歩みを止めた。史郎が指差す行く手を見れば、壁の一部に穴が開き、そこから外部の光が射《さ》し込んでいる。

「その光を避《よ》けていてね」

言われて、壁に張り付くようにして光から身を遠ざける陽介。史郎は身を屈《かが》め、光の下を潜《くぐ》るようにして向こう側に出ると、折畳み式のスコップを伸《の》ばし、射し込む光をさえぎった。とたんに、石壁の隙間《すきま》から槍《やり》で作られた格子《こうし》が飛び出す。

「──優秀な考古学者の死体はないみたいだね」

「森《もり》助教授のことか？」

「あの人は、世界が滅《ほろ》びた後でも、自分ひとりは生き残って、おもむろに発掘《はっくつ》作業を始めそうな気がするな」

「そうか」

光をさえぎっていたスコップを引っ込めると、何事もなかったかのように槍の格子も壁の隙間に引っ込んだ。

「光センサー？　どういう仕組なんだろう？」

光をさえぎらないように注意し、そして、格子の飛び出したところを大きく迂回《うかい》して進む。

次に出くわしたのは、古典的な落とし穴——というよりも、堀《ほり》だろう。奥へと続く道を断《た》ち切るようにぱっくりと口を開けた長方形の穴。底は見えない。

これも、古典的な方法で越える。上に張り出した樹《き》の枝にロープを引っ掛《か》け、密林の王者よろしく体を揺らし、振《ふ》り子のようにして、穴の上を飛び越える。戻《もど》る時のために、ロープの端《はし》をこちら側に留めておくことも忘れない。

さらに、しばらくは何もない石畳の通路が続いた。やがて——。

通路は小さな広場と言っていいような場所に出た。壁一面に彫られたさまざまな顔、顔、顔。そして、その中央に設《しつら》えられた石の台座には、この遺跡——神殿《しんでん》の主である黄金の神体が鎮座《ちんざ》している。まだ一〇メートル以上の距離《きょり》を隔《へだ》てているというのに、黄金像の輝《かがや》きは二人の目にまばゆかった。

「行こう、恐《こわ》いものはない」

「僕《ぼく》は、恐いよ」

史郎は陽介を制すると、目の前の石畳の、土に汚《よご》れた一角を調べ始めた。神殿の黄金像を目指して進む者なら、必ず踏《ふ》むだろう場所だ。それまでの通路と比べると不自然な組み合わせ方をされている石があらわになる。史郎は逆さにしたスコップの柄《え》でそこを押《お》した。

空気を裂《さ》く音。金属音。それまで沈黙《ちんもく》を保っていた壁の顔の一つが口から吹《ふ》いた毒矢が、スコップに刺さっていた。虚《うつ》ろな眼窩《がんか》、惚《ほう》けた表情を浮《う》かべた口とも見えた穴が、すべて剣呑《けんのん》な銃眼《じゅうがん》に見えてくる。

「ここで待つ？」

「いや」

壁に張り付かないまでも、真ん中は避《さ》け、ふつうの人間なら通りそうもないようなところを選び、仕掛けのない石だけを踏みながら、最終目的地である神殿にたどり着く。

「さあて、ここからは僕の頭脳の見せ所だね」

史郎は砂の入った袋《ふくろ》を取り出した。盗賊除《とうぞくよ》けの最終トラップ。台座にかかる黄金像の重量が安全装置になっている。ならば、黄金像と同じ重量の物体とを瞬時《しゅんじ》に入れ換《か》えられれば、その発動は防げるはずだ。——理論上は。

「理論は正しいんだけど、それを直感で実行しようというのが間違《まちが》いなのさ」

史郎は背中のリュックサックからレーザー計測器を取り出し、ノートパソコンに接続した。

「そうか？」

準備が済むと、計測器のセンサー部を黄金像に向ける。あらゆる角度から黄金像を計測した後で、台座に載《の》せたまま、慎重《しんちょう》な手つきで黄金像を横に倒《たお》す。底部のデータをとるためだ。もしも底に彫刻《ちょうこく》でも施《ほどこ》されていたら、その分、体積は少ないことになり、つまりは重量も少なくなってしまう。台座から持ち上げず、かといって余計な重量も加えず、さらに、広いとは言えない台座の上から落とさず——。作業は慎重の上にも慎重を要した。

「——よし、これで完璧《かんぺき》」

「そうか」

史郎の作業中、手持ち無沙汰《ぶさた》な様子で立っていた陽介が、短く答える。

「黄金像の体積は完全に把握《はあく》できた。しかし、これに、金の比重を当てはめて計算すればいいと考えるのはシロウト。金といっても一〇〇パーセント純正の純金っていうことはありえない。他の金属が混じる。その金属の種類や混合比率は、地方によって、そして、時代によって異なってくる。それを見落としてはいけない。この地方、この時代の代表的な純金製装飾物《そうしょくぶつ》に使われていた金の比重を当てはめて計算すると——」

どうやら、数字が出たらしい。史郎はデジタル重量計を取り出し、砂袋をそこに載せ、中に入っていた砂をひとすくい、外に捨てた。パソコンの表示する数字と、重量計が指し示す数字が小数点以下までぴたりと一致《いっち》した。

「フッフッフッフッフッ……。見たか、インディアナ、僕は君の轍《てつ》は踏まない！」

言うが早いか、黄金像を台座から取り除《の》け、ほとんど同時に、砂の詰まった袋を載せる。これで、盗賊除けの最終トラップの発動は完全に防げたはずだ――が。

「あれ？」

像を摑《つか》んだ左手の手応《てごた》えが妙《みょう》に軽い。振ってみる。それから、軽く叩《たた》いてみる。ある種の鐘《かね》を思わせる実にいい響《ひび》きがした。

「――中身、空ですか!?」

その時、砂袋の載った台座がすっと下に引っ込んだ。同時に、地響きを立てて、神殿が崩壊《ほうかい》を始める。

「ぼ……僕の計算は完璧だったんだ！　まさかこんな厳重に守られた神殿のご神体が、中身が空っぽだなんて思わないじゃないか。詐欺《さぎ》だよ、詐欺。インチキだ！　だいたい、神様の像に材料費をケチってどうするの！　中空に作るほうが技術的に難しいんじゃ……あれ、そうでもなかったっけ？　いかん、認めたくはないけれど、予備調査が不完全だったってことか？」

「逃《に》げないのか、史郎？」

台座の前で黄金像とにらめっこをしたままぶつぶつ言っている史郎に、陽介が声をかける。

「逃げよう。ともかく黄金像は手に入ったんだし、生きて帰ってこその宝探しだよ」

「そうか」

陽介は、パソコン、レーザー計測器、重量計をまとめて史郎のリュックサックに押し込むと、さらに史郎本人を肩《かた》に担《かつ》ぎ上げ、そのまま走り出した。その後を追うように、石積みの天井《てんじょう》が、壁《かべ》が、床《ゆか》が、連鎖《れんさ》反応を起こしたかのように崩《くず》れていく。

「陽さん、トラップ！　トラップは行きも帰りも有効なんだから！」

「そうか」

通路の真ん中を疾走《しっそう》する陽介。壁の石の仮面が次々に毒矢を吐《は》く。だが、陽介は足を止めることなく、手にしたスコップを左右に振《ふ》るい、蚊《か》とんぼを追い払《はら》うように、猛毒《もうどく》の塗《ぬ》られた矢を叩き落とし、払い除けた。

やがて、落とし穴が見えてくる。陽介はロープを使わず、まずは二人分の荷物を向こう側に放《ほう》り投げ、勢いのまま跳《と》んだ。だが、背負った史郎の体重のためか、飛距離《ひきょり》が不充分《ふじゅうぶん》だった。反対側に達しはしたものの、位置が不安定で踏ん張りが利かず、そのまま穴の中へ落っこちかける。

「ふんっ！」

壁面《へきめん》にスコップを突《つ》き立てる。落下が瞬時に止まる。先に背中の史郎を穴の上に押し上げ、続いて自分の体を引っ張り上げる。

「ああ、パソコンひび入っちゃってるよ。そうだ、黄金像はどこだ、黄金像……」

散らばった荷物を拾い集めていた史郎が、ふと顔を上げて、叫《さけ》んだ。

「陽さん、壁が閉まる！」

行く手を塞《ふさ》ぐようにして、まるでビルの防火シャッターのように天井から壁が下りてくる。

陽介は飛び出し、手にしたスコップをつっかえ棒として噛《か》ませた。その間に史郎が壁と床の隙間《すきま》を潜《くぐ》り抜《ぬ》ける。陽介も後に続き、スコップを取り戻《もど》す。重たい音を響かせて、壁と床の隙間はなくなった。

「あっ、まずい――」

狭《せま》い隙間を潜り抜けた反動からか、立ち上がった二人は、光センサーに引っ掛《か》かってしまった。飛び出す槍。かわす暇《ひま》はない――。

「うおりゃっ！」

陽介のスコップが一閃《いっせん》し、十数本の槍を両断している。凶器《きょうき》としての機能を失った柄《え》のみが、むなしく壁に引っ込んだ。

「ああ……。寿命《じゅみょう》が縮まるっていうのは、こういうことを言うんだね、きっと」

「そうか」

「それから陽さん、相手がトラップならいいけど、スコップは相手に対して平行にして使ってね。垂直にしたら、刃物《はもの》になっちゃうから」

「そうか」

言いながら、史郎は指を折ってチェックする。

「――来る時にあったトラップは、この槍で終わりのはずだけど……」

「蜘蛛《くも》は？」

「あれは別にトラップじゃないでしょ。——いま、ふと思ったんだけど、『インディ・ジョーンズ』って、あれでなかなかリアルな映画だったんじゃないかな？」

「——つまり、そろそろアレのお出ましか」

「そう、アレ」

轟音《ごうおん》を立てて巨大《きょだい》な球体が転がってくる。直径は、洞窟《どうくつ》の直径より少しばかり小さい程度か。

やり過ごすだけの空間的な余裕《よゆう》はないようだ。

うなずき合って、出口を目指して全速力でダッシュする。

「まあ、出口まで、逃げ切れたら、左右に、別れて、やり過ごそう」

「そうか」

「ホビト族の、毒矢には、注意、すること」

「そうか」


二人は脱出《だっしゅつ》に成功した。

真輝島《まきしま》学園の〝校庭〟にある山の中腹。生《お》い茂《しげ》る樹《き》に隠《かく》された遺跡《いせき》への入口脇《わき》に座《すわ》り込み、ほっとひと息つく二人。

「——ホビト族、いなかったね」

「そうだな」

「陽さん、不機嫌《ふきげん》？」

「いや、今回あんまり穴が掘《ほ》れなかったからな」

「ごめん」

伝説でしかないと思われていた神殿《しんでん》とその神体である黄金像の存在は、こうして明るみに出た。しかし学園内には、まだまだ前人未踏《みとう》の地が残されている――。

# 1



——ええと、確か、この辺のはずなんだけど……。

もう一時間は過ぎただろうか。出雲美春《いずもみはる》は、手にしたメモ帳のページをもう一度見直し、壁《かべ》に貼《は》られたフロアの案内図と見比べた。

——出てない。出てないけど……。

公認《こうにん》されているクラブの部室が、必ず《クラブ棟《とう》》にあるとは限らない。部員の少ない弱小クラブなら、活動に都合のいい特別教室やその準備室、あるいは顧問《こもん》の教師が担任をしているクラスの教室をそのまま部室として使っているケースのほうが普通《ふつう》だ。

だが、美春が探しているクラブは、そのどちらでもなかった。公認こそされているものの、現在の部員は二名を数えるに留《とど》まる（資料によると、部員の増減は発足《ほっそく》以来一度もない）、正《しょう》真正銘《しんしょうめい》の弱小（あるいは零細《れいさい》）クラブである。したがって、正式な部室はない。そのうえ、顧問の教師もいないので、関連した教室を使っているわけでもない。さらに言えば、活動に都合のいい特別教室（に限らず、グラウンドも含《ふく》んだ学校の施設《しせつ》）というのが、このクラブには存在しない。

——どうして、こんなクラブの設立が認可《にんか》されたのよ。

歩き続けで、いいかげん疲《つか》れてきたこともあり、美春は、クラブと、その存在を許可したかつての生徒会執行部《しっこうぶ》へ、怒《いか》りの矛先《ほこさき》を向けた。

手許《てもと》のファイルには、クラブの設立に際して生徒会執行部に提出された申請書《しんせいしょ》のコピーが挟《はさ》んである。書式こそ調《ととの》えられているものの、設立趣旨《しゅし》や活動内容は、真面目《まじめ》なクラブ活動のものとは思えない。クラブ名からしてふざけている。お宝発掘《はっくつ》部——。

——いいかげんなものに決まってるんだから。今度こそ尻尾《しっぽ》を摑《つか》んで廃部《はいぶ》に、いえ、不正を糾《ただ》してやるわ！

美春は燃えていた。

ここ——真輝島《まきしま》学園は、幼稚園《ようちえん》から大学までを擁《よう》した、世界でも有数のマンモス学園である。その規模だけでも充分《じゅうぶん》にこの学園を特色のあるものにしているが、いくつかの教育方針は、この個性的な学園をさらに際立《きわだ》たせるものだった。

その一つに、クラブ活動が全生徒に必須《ひっす》科目として割り当てられているということがある。これだけなら、特に珍《めずら》しいというほどではない。しかし、クラブの活動内容はかなり特異だ。自由度がとてつもなく大きいのである。設立を申請《しんせい》し、公認のクラブとして許可を貰《もら》うための書類手続は、その分量の膨大《ぼうだい》さもあって、かなり面倒《めんどう》なものだが、活動内容についての審査《しんさ》はほとんどフリーパスに近い。チェックされるのは、活動時間が毎週三時間（あるいは二コマ）以上とか、秋の学園祭に必ず参加などの外的な条件を満たしているかどうかということだけである。あとは、法律に触《ふ》れるようなものでなければいい。極端《きょくたん》なことをいえば、アイドルのファンクラブ活動であっても、毎週三時間（あるいは二コマ）以上、CDを聞き、ビデオを見て、仲間内で駄弁《だべ》り、秋の文化祭に会報の一冊でも発行すれば、公式のクラブ活動として認められ、予算も下りる。実際、似たような例がいくつもあるのだ。もちろん、一般《いっぱん》的なクラブも揃《そろ》っているが、体育系、文科系を問わず、毎年いくつかの新しいクラブが設立され、そして、いくつかのクラブが発足時の部員の卒業とともに自然消滅《しょうめつ》していく。

学生時代に、いろいろなことにチャレンジすること。同時に、自分のやりたいことを実現するための手続きの面倒《めんどう》くささに早いうちから慣れておくこと――。学園の創立者が、この超《ちょう》自由なクラブ活動に込めたのは、そんな願いだったらしい。

――あたしだって、そういうところに魅力《みりょく》を感じて、真輝島《こ こ》を受けたんだから。

だが、創立より半世紀が経過した現在、創立者の理念は置き去りにされ、システムの運用に不都合が表われてきた。特に問題とされたのは、クラブ活動が必須《ひっす》科目として単位に計上されるため、単位の取得だけを目的として実際の活動を伴《ともな》わない〝幽霊《ゆうれい》クラブ〟が目立つようになってきたことである。

制度そのものを見直し、場合によっては廃止《はいし》しようという意見も出た。しかし、自分のやりたいことを実現していく面白味《おもしろみ》を教えてくれた、なくすには惜《お》しい制度だという声も多かった。

各方面の討議の結果、制度そのものを見直す前に、まずはクラブ活動の実態を調査、把握《はあく》するべきだろうということになった。〝幽霊クラブ〟化している部には改善勧告《かんこく》を出し、一定期間内に改善が見られない場合には公認を取り消す。また、申請した内容と現状が著《いちじる》しく異なるクラブに関しては、事情を聴取《ちょうしゅ》し、場合によっては、やはり公認を取り消す――。

生徒の自主性を重んじる教育理念に基《もと》づき、実態調査は生徒会役員が行なうことになった。美春も生徒会書記として、いくつかのクラブを割り当てられ、実態調査を行なってきた。生徒会長一名、副会長、書記、会計がそれぞれ二名ずつの計七名で、高等部だけで一〇〇を超《こ》えるクラブの活動実態を把握しなければならないのだから、なかなかのハードワークだ。

他《ほか》の生徒会役員のみんなはそれなりの成果を上げ、すでに廃部《はいぶ》に追い込まれた〝幽霊クラブ〟もいくつかある。それなのに、幸か不幸か美春が調査を受け持ったクラブはすべて健全な活動が活発に行なわれており、生徒会が指導に乗り出さねばならないような点は一つもなかった。調査の目的はクラブの数を減らすことではなく、あくまで活動の健全化なのだから、自分の担当するクラブが廃部にならなかったとしても、喜びこそすれ、不満に思う必要はないはずなのだが――。

――受持ちに一つも不正がないんじゃ、あたしの調査がいいかげんみたいじゃない！

交通違反《いはん》がまったくないのなら青切符《きっぷ》は一枚も切る必要がないのだが、それでは交通取締《とりしまり》の手を抜《ぬ》いていると受け取られかねないし、だいいち、ノルマを果たせない――。不正の調査取締に付き物のジレンマではある。

――それに、剣持《けんもち》さんに何て思われるか……。

思い返せば、生徒会役員になり、密《ひそ》かに憧《あこが》れていた剣持薫《かおる》といっしょに役員の仕事ができると喜んだのも束《つか》の間《ま》、実際の生徒会活動は、自分はいかに融通《ゆうずう》が利《き》かないか、突発《とっぱつ》的な事態に対処するための臨機応変さに欠けているかを思い知らされることの連続だった。好きな言葉を三つ挙げろと言われたら、即座《そくざ》に「努力」「正直」「誠実」と答える美春だったが、誠心誠意だけではできないこともあるのではないかという疑いが脳裏をかすめることもしばしばだった。やさしい剣持は、「出雲くんの何事にもコツコツ真面目に取り組む性格は、得難《えがた》い長所だよ」と言ってくれるけど。

――そうよ、こんなことで挫《くじ》けてられないんだわ！

一時間も探しているのに、目指すクラブの部室が見つからないくらい、何だ！　校舎の中で迷子になったくらい、平気だ！

「何か、お探し物ですか？」

不意に声をかけられて、美春はぴょこんと飛び上がった。

振《ふ》り返ると、自分と同じくらいの年齢《ねんれい》に見える少年が立っていた。制服は着ていないが、真輝島学園の生徒だろう、たぶん。ちなみに、正確を期するなら〝制服〟ではなく〝標準服〟である。いちおうの指定はあるものの、着用が義務付けられているわけではないからだ（美春はもちろん、きっちりと標準服着用だ。髪形《かみがた》も、校則に規定はないが、前髪は眉毛《まゆげ》にかからない長さに切り、三つ編みにしている)。

――でも、いくら服装が自由だからって、ちょっとやりすぎなんじゃないかしら？

脱色《だっしょく》しているわけではないのだろうが、薄《うす》い色の柔《やわ》らかそうな髪。メガネのレンズには、向こう側の目が笑っているのが見て取れるくらいの薄い色が付いている。やや線の細い印象はあるが、公平に見て、まあまあハンサムの部類に入るだろう。

――剣持さんほどじゃないけどね。

落ち着いた茶色のジャケットの下に、鮮《あざ》やかなピンク色のシャツ。そして、ループタイ。サスペンスドラマなんかに出てくる〝怪《あや》しい小説家〟みたいな格好だけれど、それが適当にバランスがとれて似合っているのがコワイ。下半身はややおとなしめで、グレイのスラックスに、黒のローファー。

――ちょっと怪しげだけど、悪い人じゃなさそうだし……。この際だから、訊《き》いてみるか。

「ええと、このへんに部室があるって聞いたんですけど、その、……《お宝発掘部《はっくつぶ》》の」

最後のほうは口の中でもごもごつぶやくだけになってしまう。自分が付けたわけではないけれど、実際に口にしてみると、やっぱり恥《は》ずかしい名前だ。

――あたしのこと、部員とか入部希望者とか思われたら、厭《いや》だな……。

美春の不安をよそに、メガネの少年は笑顔のまま、うんうんとうなずいた。

「――《見つけ屋》にご用ですか」

「見つけ屋？」

耳慣れない単語に眉をひそめる美春。

「そう。地面に埋《う》まったものの発掘以外にも、紛失物《ふんしつぶつ》を発見したり、どこに行ったら手に入るか判《わか》らないものを調達したり。それで《見つけ屋》なんて通称《つうしょう》で呼ばれてるという噂《うわさ》も――」

――思わぬところで、クラブの実態についての情報が手に入ったわね……。

そんな通称があるということは、他の生徒から紛失物の発見などを依頼《いらい》されているということだろう。ひょっとしたら、有料で。確か、クラブ活動の公認《こうにん》条件に、「活動が営利目的ではないこと」という条文があった。これに引っ掛《か》かるとなれば、ほとんど即座に公認は取消しになるはずだ。

美春は調査の行く手に明るい希望を見出したような気がした。

「――どうしたんですか、メモなんかとって？」

「へっ？　いや、その、あたし、忘れっぽい質《たち》なんで、聞いたことはメモするのが習慣になってて……」

別に忘れっぽいというわけではないのだが、重要なことだと思うと無意識のうちにメモしてしまう習慣が美春にあるのはほんとうだった。

――悪いことしてるわけじゃないのに、どうして嘘《うそ》ついて、ごまかすのよ……。

ひょっとしたら、メモ帳のせいかもしれない。いま使っているメモ帳は、クラブ実態調査用にわざわざ買ったものだ。実は、気合の入っているところを剣持薫に見せたいという、少しだけ不純な動機から。

「備えをしておくのは、いいことですよ。——それじゃ、ご案内しましょうか、発掘部の部室へ」

言いながら、少年はすでに歩き出している。美春は慌《あわ》ててペンと手帳をポケットにしまうと、少年の後に続いた。こうして並んで歩いてみると、少年の背丈《せたけ》は美春とあまり変わらない。男子としては小柄《こがら》なほうだろう。

「それで、見つけ屋には、どんなご用の向きですか？」

廊下《ろうか》を曲がって、階段へ。階段を昇《のぼ》りながら、少年が訊《き》く。

「えーと、あの、それは、つまり……」

「ああ、部室で話すってことですね」

「ハイ、そうです。そうなんです」

クラブの実態調査が行なわれていることは、昨年の生徒総会で決議されて以来、全校に知らされている。だから、何も後ろめたいことはないはずなのだが、美春はほんとうの目的を隠《かく》してしまった。

——うう……剣持さん、弱気な出雲を許してください……！

特別な理由もないのに、生徒会役員としてクラブの実態調査を行なっていることを隠してしまいました――。きっちりと反省メモに記録しておく。もちろん、さっきのクラブ実態調査用メモとは別の一冊だ。

「――あの、発掘部の部室に案内してもらえるんじゃ……？」

気がつくと、少年は階段を昇り詰《つ》め、屋上に通じる鉄扉《てっぴ》の前まで来ていた。三段ほど下ったところに美春は立っている。どう見ても、クラブの部室があるようには思えないのだが。

「そのとおり。お宝発掘部の部室というか、窓口は、この向こうにあります――」

ちょっと気取った仕草で、少年は鉄扉を開けた。ずっと室内にいた美春の目には、屋根も壁《かべ》もない屋上に降り注ぐ陽射《ひざ》しがまぶしい。

――あ……えっ……テントォ……？

コンクリートの床《ゆか》の上に置かれたドーム型のそれは、地面に杭《くい》を打って張るタイプのものではないが、確かにテントだった。入口の脇《わき》では、固形燃料の火にケトルがかけられ、さらに、その隣《となり》で、背の高い男が両手に持ったダンベルを交互《こうご》に上げ下げしている――。美春は、無意識のうちに目の前の状況《じょうきょう》をメモしていた。

「ヨーさん、この人、僕たちに用があるみたいなんだけど？」

後ろから声がした。

――僕たち……僕たちって……つまり……？

「――あなた、お宝発掘部の部員だったの⁉」

振《ふ》り向くと、ここまで自分を案内してきた少年が、さらに悪戯《いたずら》っぽい笑みを広げていた。

「すみません、なんとなく言いそびれちゃって。――高等部二年Ａ《アルファ》組、サガ・シロウです」

悪びれた様子もなく、ニッコリと笑って少年は答えた。手許《てもと》のファイルに挟《はさ》まれた申請書《しんせいしょ》のコピーをめくる。嵯峨《さが》史郎《しろう》――。確かに、二名しかいないお宝発掘部部員の片方の名前はそうなっている。

――ということは、向こうにいるのが……。

残る一名、高等部二年Ω《オメガ》組、堀田《ほった》陽介《ようすけ》だろうか。

美春がファイルから顔を上げると、ダンベルを持った男は、上下運動を繰《く》り返しながら、こちらに歩いてきた。美春より頭ひとつ半は高いだろうか。史郎とは対照的に強《こわ》そうな黒い髪《かみ》が、邪魔《じゃま》にならない程度の長さに刈《か》られている。それも、伸《の》びたところを適当に鋏《はさみ》で切ったような感じの無雑作さだ。日に焼けた顔、肩《かた》、腕《うで》。眉は濃《こ》く、その下の大きな目が胡散臭《うさんくさ》げな表情を浮《う》かべて美春を見ている。太い鼻っ柱。頑丈《がんじょう》そうな顎《あご》。口はへの字。

――あ……あたし、何か、怒《おこ》らせるようなことしちゃったのかしら……。

白いＴシャツの袖《そで》から伸びた腕は逞《たくま》しく、ダンベルを上下させるたびに気持ちよく筋肉が動いている。拳《こぶし》もゴツゴツして大きいし、殴《なぐ》られたら、さぞ痛いだろう――。美春は早くも逃《に》げ腰《ごし》になった。

「何の用だよ？」

ぶすっとした頭ごなしの言い方が、カチンとくる。逃げかけていた腰が、ちょっとだけ戻《もど》る。もっとも、いざという時には盾《たて》にしようと体の前に持ってきておいたファイルノートはそのまだが。

「あたし、高等部二年Σ《シグマ》組の出雲美春といいます――」

生徒会書記をやっています――と続けようとして、美春は思い留《とど》まった。これまでは、生徒会の〝公務〟だからということで、自分の身分を明らかにし、目的を相手に告げてから、調査への協力を頼《たの》んでいた。しかし、実はこのやり方に問題があったのではないだろうか。何か不正や問題のあるクラブなら、美春が生徒会役員として実態調査に来たと知れば、証拠隠滅《しょうこいんめつ》とか、口裏合わせとか、隠蔽《いんぺい》工作をしてしまうのではないだろうか。

――ひょっとして、いままで問題のあるクラブを一件も摘発《てきはつ》できなかったのは、そのせいだったりして？　あたしって頭悪いのかも……。

念のために反省メモに書いておく。

身分を隠してクラブの実態調査をする――。いいかもしれない。校内にポスターを貼《は》ったり立会演説会で選挙演説をしたりした会長や副会長と違《ちが》って、書記や会計といったどちらかといえば裏方に属する役員は、名前も顔もそれほど知られていないだろう。――ちょっと不本意ではあるが。

――それに、剣持さんくらい美形で優秀《ゆうしゅう》なら、生徒会長でなくても校内の有名人だけど、あたしは目立つようなポイントもないし……。

胸を張るようなことではないが、この場合に限ってはメリットではないだろうか。ただ、生徒会の〝公務〟を遂行《すいこう》するのに、ほんとうのことを隠《かく》すというのは、どこか後ろめたいのだが。

「あの、出雲さん――」

「いえ、別に疚《やま》しいことは――」

「コーヒー淹《い》れましたから、よかったら、どうぞ」

「どうも……」

史郎の差し出したカップを受け取り、深みのある香《かお》りに鼻をくすぐられて口に運ぶ。――おいしい。並大抵《なみたいてい》の喫茶店《きっさてん》で出されるコーヒーよりずっと……。そこで、美春はハッとした。

――調査対象から接待を受けるなんて、これは収賄《しゅうわい》にあたるんじゃないかしら？

かつての税務署員は、税務調査で企業《きぎょう》に行く際も弁当と水筒《すいとう》を持参し、調査対象の企業からは番茶一杯《いっぱい》の供応さえ受けない清廉潔白《せいれんけっぱく》さだったという――。剣持薫が言っていた。それなのに、自分は調査対象になっているクラブの部員からコーヒーの接待を受けてしまった！

飲んでしまったものは仕方がない。いや、調査に手心を加えなければ、問題はないはずだ。

――安心してください、剣持さん。出雲は、決して誘惑《ゆうわく》に屈《くっ》したりしません！

「はい、陽さん。熱いから気をつけてね」

反省メモに新たな一項目《いっこうもく》を書き加え、新たな決意とともに美春が向き直ると、史郎が陽介にカップを手渡《てわた》しているところだった。

——なんか、過剰《かじよう》に微笑《ほほえ》ましい雰囲気《ふんいき》が漂《ただよ》ってるような気がするんだけど……。

「それで出雲さん、僕らにどんなご用ですか？」

自分でもカップを手にしながら尋《たず》ねる史郎。表情はあくまでもにこやかだ。

「ええと、ですね、その、何て言うか……」

名案かと思った「身分を隠してのクラブ実態調査」だが、なにしろ急な思いつきなので、うまい言い訳や質問の言葉がとっさには出てこない。これまでやってきた調査のパターンなら、活動報告書（公認《こうにん》のクラブには学期ごとの提出が義務付けられている）の内容がきちんと事実に基づいているか裏付調査を行なうことを宣言し、三日から長くても一週間ほど実際の活動に同行すればよかったのだが。

「——おいしいですね、コーヒー」

「それはどうも。お代わりもありますよ」

自己嫌悪《けんお》の大波を頭から被《かぶ》りながら、カップにコーヒーを注《つ》いでもらう。

——剣持さん、出雲は……出雲は挫《くじ》けそうです……。

「おまえ、ひょっとして、コーヒー飲みに来たのか？」

ぶっきらぼうな声で陽介が言う。

「違うわよ！」

「じゃあ、何しに来たんだよ」

「あんたたちこそ、こんなところで何やってるのよ！　部活の時間でしょ、いまは！」

ちょっと逆ギレ気味に言い返す。への字口をますます歪《ゆが》めた陽介を、「まあまあ」と史郎がなだめた。

「僕たちも、いちおうクラブ活動をやってるんですよ。そう見えないかもしれませんけど」

見えない。ダンベルで腕《うで》を鍛《きた》えるのはまだ何かの基礎《きそ》トレーニングとも考えられるけど、テントを張って、お湯を沸《わ》かして、コーヒーを淹れるのは、活動にも基礎トレーニングにも見えない。ぜんぜん。

「実は、屋上にテントを張って、食事をしたり、ときには泊《と》まったりするのも、発掘《はっくつ》作業が長期化した場合に備えての基礎トレーニングなんですよ。生徒会に提出した活動報告書でもきちんと申請《しんせい》してあるくらいです。つまりはクラブ活動の一環《いっかん》、と」

なんでそんな申請を認めたのよ――。こじつけにしか聞こえない史郎の説明を聞きながら、美春は再び当時の生徒会を呪《のろ》った。

「でも、発掘部なんでしょ？　だったら、土を掘《ほ》るとか――」

「おまえも穴を掘るのか？」

セーラー服に軍手、ゴム長靴《ながぐつ》、腰《こし》に手拭《てぬぐ》い、黄色いヘルメットといったスタイルでつるはしだかスコップだかを揮《ふる》っている自分の姿を想像して、美春は首を横に振《ふ》った。振りまくった。

「そうか」

陽介の顔にかすかな失望の色が浮《う》かんだように見えたのは気のせいか。

――ひょっとして、穴を掘る楽しさを伝えたいとか？

例えば、発掘される何かよりも、土を掘るという作業そのものに魅力《みりょく》を感じて、このクラブに参加しているとか？

――まさかね。でも、何か手掛《てが》かりになるかもしれないから、要チェック……。

いちおう二人に背中を向けてから、メモ帳に書いておく。

そうそう――。メモを見て思い出す。ここに来る途中《とちゅう》で嵯峨史郎が言っていた《見つけ屋》のこともチェックしなければ。いろいろと怪《あや》しげな手掛かりが出てきて、今回の実態調査には希望がもてそうだ。

「あの、嵯峨くんから聞いた、《見つけ屋》さんのことなんですが――」

メモ帳をしまい、再び二人に向き直って話を続ける。

「依頼《いらい》を受けて、いろいろと探したりしているとかってことだったんですけど？」

「ええ。僕たちは実際に土を掘る前に、古い時代に関しては博物館や大学の考古学部の資料を覗《のぞ》いたり、近世に関しては文献《ぶんけん》を漁《あさ》ったりするんで、調べ物や探し物には慣れているんですよ。だから、自然にそういう依頼を受けることが多くなって」

「それも、クラブ活動の一部ってこと？」

「はい」

「そういうのって、お願いすると、けっこう費用がかかったりするんじゃないの？」

「ケース・バイ・ケースですね。でも、僕たちにとっては、探すことそのものが楽しいんで、それでお金を儲《もう》けようなんて思っていません」

まるで美春の勘繰《かんぐ》りを察しているような史郎の回答。

「あくまでもボランティアってわけ？」

「そんなにカッコイイ話じゃないですよ。お宝発掘部なんて、外部から見れば怪しげな団体ですから、少しでもイメージを良くしようという狙《ねら》いもあります」

どうやら史郎は、周囲の目に自分たちがどう映っているかを意識してはいるようだ。

──それなら、まずクラブの名前をどうにかしなさいよ。それに、たった二人のクラブを〝団体〟とは言わないでしょ、普通《ふつう》。

「そして、もう一つ。あれは、言ってみれば〝練習試合〟なんですよ」

「練習試合？」

「自分たちだけで発掘とか発見の対象を見繕《みつくろ》ってみても、意外にないんですよね」

まあ、二人だけでは、なかなか手が回らないだろう。

「かといって、何年もかかる大目標しか立てないんじゃ、学校のクラブ活動としては問題があるでしょ？　だから、それこそ徳川の埋蔵金《まいぞうきん》みたいな大物が甲子園《こうしえん》だとすると、紅白試合か他校との交流試合みたいなものだと思って、お宝を発見するカンを鈍《にぶ》らせないように、体を鈍らせないように、練習としてやっているというわけです。──ねえ、陽さん？」

筋は通っているようだけれど、しかし、零細《れいさい》クラブにとって出費を伴《ともな》う活動はそんなに頻繁《ひんぱん》にできるものではないだろう。

「別に、嵯峨くんたちの言うことを信用しないわけじゃないけど、実際に《見つけ屋》を利用した人からも話を聞きたいな。教えてくれない？」

「それはできません」

明るい笑顔のまま、しかしきっぱりと史郎は言った。

「どうして？」

自分は生徒会の役員として正式な調査を──。口許《くちもと》まで出かかった言葉を美春は呑《の》み込んだ。

史郎は顔をやや伏《ふ》せ、右手の人差し指をまっすぐに立てた。

「例えば生徒会長が生徒会の議事録を紛失《ふんしつ》したとします」

「剣持さんはそんなことしません！」

「例えば、です、例えば。そして、なくした議事録を探し回るけれど、見つからない」

「見つけます。剣持さんなら、絶対に見つけます」

「例えばの話、です、例えばの。このまま議事録が見つからなかったら、どうしよう──」

「責任をとって、生徒会長を辞任します。剣持さんは、そういう人です」

「だから、例えばの話です。そこで、僕たちお宝発掘部に依頼する。僕たちには、ものを見つけるノウハウの蓄積《ちくせき》がありますから、多少の時間を貰《もら》えば、紛失した議事録を発見することができます。これで、万事めでたしめでたしです。——会長としては、自分が議事録を紛失したことを隠《かく》しておきたいでしょう？」

「剣持さんはそんなことしませんってば！」

気まずい沈黙《ちんもく》が、少しの間その場を覆《おお》った。

「人間、誰《だれ》しも間《ま》違《ちが》いはあります。もちろん、議事録の紛失自体は褒《ほ》められたことではありませんし、充分《じゅうぶん》に反省して、再発防止に努めるべきでしょう。しかし、実害はなかったわけですから、わざわざ公にして、周囲の非難を浴びる必要もないと思いませんか？」

美春としては、いまひとつ納得がいかない。

「——出雲さんは、会長が辞任したほうがいいんですか？」

「それはダメです！」

——剣持さんは、そんなことしませんよね？　出雲は信じてますから！

「そんなわけで、医師、牧師、弁護士、あるいは私立探偵《たんてい》などと同じように、僕たちも依頼人の秘密は守らなくてはいけないんです、あしからず」

「だって、あなたたちのやっているのは、学校のクラブ活動なのよ」

「はい、スポーツであろうが、勉強であろうが、ゲームであろうが、そこには一定のルールがありません。ルールを守れない人は、ゲームに参加するべきではありません」

澄《す》ました顔で言う史郎。

「もしも、生徒会の正式な調査だったとしても、そう答えるつもり？」

ちょっと危ないかもしれないと思いながら、尋《たず》ねてみる。

立てていた人差し指をサングラスのブリッジに当て、考え込む様子だった史郎だが、ほどなく、再び人差し指をまっすぐ上に立てた。顔には前にも増して明るい笑みが広がっている。

「プライバシー保護という観点では、占《うらな》い研究会の例があります。去年の文化祭はブースを出して各種の占いをしていたわけですが、最近生徒会が行なっているクラブ実態調査に際しても、ブースを利用した人数に関して時間帯ごとの集計を提出しただけです。姓名《せいめい》判断はもちろんのこと、西洋占星術《せんせいじゅつ》や四柱推命などの誕生日から判断するものなど、利用した個人を特定できるデータは提出していません。依頼人《いらいにん》からお金を受け取ったのではないかという疑惑《ぎわく》に関しては、占い研究会も僕たちと同様か、それ以上だと思うのですが？」

確かに、史郎の言うとおりだ。占い研究会の調査は確か副会長が担当し、問題なしという結論を出している。

「理由は簡単で、単なる性格判断ならばともかく、悩《なや》みごとの相談など、他人に漏《も》らされては困るデータを手に入れる機会が、占術師には多いからです。もしも、お宝発掘部の活動実態について報告を求められたとしたら同じように拒否《きょひ》しますし、生徒会も理解して、理性的な対応をしてくれると思いますよ」

　ふと、新しい疑問に突《つ》き当たる。

「嵯峨くん、どうして占い研究会の調査のことを知ってるわけ？」

「お宝の在処《ありか》を占いで探し当てるから――ではありません」

　ニッと悪戯《いたずら》っぽい笑みが浮《う》かぶ。

「お宝を埋《う》める際に、場所や日時を占いによって決定する例があります。また、お宝の在処を記した地図や暗号文を解読するのに、占いに代表される神秘学の知識は欠かせません。暦《こよみ》と占いの間には深い関係がありますしね。それで、同じ学問体系を勉強する者同士として、占い研究会ともちょっとした交流があるんです」

　――手強《てごわ》い……。口じゃ勝てないわ。

　美春はもともと理屈《りくつ》の得意なほうではないが。

「ゴチャゴチャ言ってないで、おまえも掘《ほ》ってみりゃいいんだよ」

　いきなり目の前にスコップが突き出される。見るからにごつくて重そうなスコップを、陽介が差し出していた。

「掘ってみりゃって、あたしに発掘させようっていうの？」

「掘れば判《わか》る」

　また少し腰《こし》を退《ひ》きながら、美春は陽介の顔を窺《うかが》った。まだ怒《おこ》ったような顔をしている。ひょっとしたら怒っているわけではなく、もともとこういう顔つきなのかもしれない。しかし、目が笑っていないことだけは確かだ。冗談《じょうだん》ではなく、真剣《しんけん》に言っているのだろう。

また、ヘルメットを被《かぶ》ってスコップを扱《あつか》う自分のビジュアルが美春の脳裏に浮かんだ。

「——遠慮《えんりょ》します」

また口をへの字に曲げて、陽介は美春から離《はな》れた。

話がこんがらがってきたので、メモ帳のページに書いておいたこれまでの要点を少し整理してみる。

まず、生徒会に提出されている活動報告書の裏付調査について。陽介と史郎が自発的にやっているクラブ本来の発掘はともかく、史郎言うところの〝練習試合〟は、依頼人の秘密を守るという理由で、裏付はとれない。つまり、「依頼人からお金をとっているのではないか？」という美春の疑問は、いまのところ確かめる方法がない。

一方、実際のクラブ活動の現場に立ち会うほうだが、身分を明かさないで見学だけさせてくれるかというと、難しいようだ。逆に身分を明かしたら、実態に迫《せま》るのは難しいだろうし……。

——ううん、どうしよう……。

考えながらも、「通称《つうしょう》は《見つけ屋》」とか、「剣持さんほどじゃないけど、ちょっと美形」とか、「屋上にテント」「コーヒーは意外においしい」などのどうでもいい書込みを二重の抹消《まっしょう》線《せん》できっちりと消しておく。

「探し物の依頼だったら、いつでも受けますよ。さっき言ったような理由で、僕たちの仕事の信頼度《しんらいど》を確認《かくにん》するための情報は提供できませんけれど、秘密厳守ってことだけは信じてもらえたんじゃないかと思います。それから、コーヒーのおかわりは、どうですか？」

明るい調子で史郎が言う。頭の奥《おく》で何かがプチッと音を立てたような気がした。

「また来ます！」

メモ帳を閉じ、ポケットに突っ込むと、美春は屋上をあとにした。


「珍《めずら》しいね、陽さんが自分のスコップを貸そうとするなんて」

「そうか？」

「ひょっとして、ああいう真面目《まじめ》で純情そうな娘《こ》がタイプ？」

「…………」

「まあ、いいや。——真面目だから、また来るよ、彼女」

「そうか」

「どうしたらいいだろうね、陽さん？」

「考えるのは史郎の仕事だ」

「確かに——」

残っていたコーヒーをすべて自分のカップに注《つ》ぐと、史郎は右手の人差し指で空中に複雑な

――あるいはデタラメな――図形を描《えが》いた。

「――陽さん、ご苦労さまだけど、もう一つ、穴を掘ってもらうことになりそうだよ」

「なんだ、もう一個、掘ってもいいのか？」

史郎の口許に微苦笑《びくしょう》が浮かぶ。

「掘ろう。僕たち、お宝発掘部だからさ」

翌日――。授業が終るとすぐに、美春はクラブ棟《とう》の屋上に行った。昨日と同じようにドーム型のテントが張られ、固形燃料の上で湯気を立てているケトルの傍《はた》には史郎がしゃがみ込んでいる。陽介がウェイトトレーニングをしているのも同じ。

――まさか、ここに寝《ね》泊まりしているわけじゃないでしょうね、二人とも。

昨日の説明を聞いた限りでは、否定できない。

「こんにちは、出雲さん」

美春が声をかけるより早く、こちらに気付いた史郎が手を振《ふ》って挨拶《あいさつ》する。きょうは、グレイのシャツに、それより濃《こ》いめのグレイのジャケットを羽織り、さらに濃いグレイのニットタイを締《し》めたモノクロ写真のようなスタイルだ。

「どうしました？」

あいかわらずにこやかな表情で訊《き》く。よく見ると、サングラスのレンズまでグレイだ。

「お宝発掘部に入りたいんですけど」

「はい？」

薄《うす》い色のレンズの向こうで、史郎の目がきょとんとした表情を浮《う》かべる。

「あたし、お宝発掘部に入りたいんです」

同じことをもう一度繰《く》り返す。

昨日の話でいちばん引っ掛《か》かったのは、《見つけ屋》としての仕事で金を稼《かせ》いでいるのではないかという疑問だ。しかし、プライバシーを守ることを理由に、依頼人《いらいにん》の名前を明かさないのでは、無料であるという史郎たちの言葉の裏付がとれない。もちろん、生徒会役員として正式な調査を申し込み、拒否《きょひ》されたら、そのこと自体を理由に代表者を生徒会で査問にかけるという手段をとることもできる。

――だけど、それじゃ、あたしがまるっきり何もできないみたいじゃない！

簡単には実態調査をさせてくれないクラブの内情に迫るためにあらゆる手を尽《つ》くしてこそ、有能かつ熱心な生徒会役員というものだろう。例えば、自分もクラブの一員になってしまえば、調査の依頼人の身許《みもと》などの情報を隠《かく》す理由はなくなるはずだ。

幸い、いまはまだ四月。新しい年度のクラブの選択《せんたく》と届け出は今月中に行なえばいいことになっているから、新入生はもちろんのこと、興味のあるクラブを覗《のぞ》いてみる二年生や三年生も珍しくはない。今月中であれば、クラブ間の移動も自由だ。

ちょっと思い切った決断だったかな、と思う。同時に、あまりにも見え透《す》いているかな、とも。薄いグレイのレンズの向こうで細められている史郎の目は、実は何でもお見通しなのではないかと疑わせるような部分がある。

「――いや、僕たちは〝来る者は拒《こば》まず〟ですけど、いいんですか？　出雲さんは、昨年度は何か別のクラブ活動をしていたわけでしょ？　今年度は、そっちを辞めちゃうんですか？」

――うっ……。

痛いところを突《つ》かれた。実は、そのとおりで、美春はすでに茶道部に入っている。ここにもまた、剣持薫が部長をやっているからというあまり純粋《じゅんすい》とは言えない動機が働いている。動機がそういうものなので、もちろん今年度も継続《けいぞく》すると決めていた。しかし、クラブ活動を必須《ひっす》単位として計上する関係上、複数のクラブの掛け持ちは認められていない。お宝発掘部に入るとなれば、必然的に現在所属している茶道部からは退部しなければならない。

昨夜は、《お宝発掘部の実態が明らかになる→お宝発掘部廃部《はいぶ》→美春はめでたく茶道部復帰》というシナリオを頭のなかで描いて、完璧《かんぺき》な計画だと思ったのだが、改めて言われてみると、ちょっと早まったかなという気がしないでもない。

――これも、実態調査をきちんと行なうためよ。信じてください、剣持さん。調査が終了《しゅうりょう》したら、出雲は必ず茶道部に戻《もど》りますから！

頬《ほ》っぺたがひきつるのを感じながら、美春はうなずいた。

「どうする、陽さん？　出雲さんが僕たちの仲間になりたいそうなんだけど」

「入部希望です、入部希望！」

思わず声に出して訂正《ていせい》してしまう。

——なんか、抵抗《ていこう》を感じる言い方なのよね……。

形だけとはいえ、お宝発掘部に入部するのだから、先輩《せんぱい》部員である陽介や史郎の仲間になるという言い方は間違《まちが》いではないだろう。そう、あくまで形だけだとしても。しかし、妙《みょう》に明るく、どこか嬉《うれ》しそうな史郎の言い方からは、単に同じクラブの部員というだけではなく、自分が陽介たち変人の仲間入りをしてしまうような印象を受けてしまった。

——あたしはクラブの活動実態を知りたいだけで、堀田くんや嵯峨くんに興味があるわけでも仲良くなりたいわけでもないんだから！

そんなことを思ったのを見抜《みぬ》かれたわけでもないだろうが、陽介は濃い眉《まゆ》をひそめ、不機嫌《ふきげん》そうに見える。

「あ、あの、昨日ちょっと覗いてみて、うん、発掘もおもしろいかもしれないなって思って」

——ああ、剣持さん、許してください。実態調査のためとはいえ、出雲は心にもないことを言ってしまいました！

自然に愛想笑いまで浮かべているのが、自分でも情けなかった。後で反省メモにつけておかなければと思う。

「──女を入れるのか？」

あからさまに不機嫌な声を出す陽介。

「ダメだよ、陽さん。苦手なものから逃《に》げてちゃ」

──ふうん、堀田くんって、女の子が苦手なんだ。ま、見るからにそんな感じだけどね。

そう思ってみると、ぶっきらぼうな表情や物言いも、ちょっとかわいいかも……。

「好き嫌《きら》いしちゃダメって、子どもの頃《ころ》に言われなかった？」

「俺は、好き嫌いはなかった」

「だよね。それだけ立派な体してれば」

──あたしはニンジンやピーマンの同類かい！

一瞬《いっしゅん》でも陽介のことを「かわいいかも」などと考えてしまった自分が腹立たしい。史郎もムチャクチャ言っているし。それでも何とか堪《こら》えて、笑った表情をキープするように努める。

「第一、女に発掘《はっくつ》なんてできんのかよ」

ぼそっと口にした陽介の言葉に、作り笑顔がいっぺんで吹《ふ》っ飛んだ。

「なによ、要は穴を掘《ほ》ればいいんでしょ」

今度は、陽介のほうがムッとしたのかもしれない。いきなりつるはしを差し出す。

「やってみろ。──素振《すぶ》り一〇〇回」

「なによ、それ!?」

さっきはああ言ってしまったが、多少は泥《どろ》にまみれることがあっても、発掘とは、考古学とかそういう学問の一部ではないのか。古い文献《ぶんけん》を調べたり、時にはケーキサーバーやナイフのように小さなスコップで土を退《ど》け、刷毛《はけ》やブラシのようなもので慎重《しんちょう》に土を払《はら》うこともするだろう。つるはしだのブルドーザーだのを振《ふ》り回すような場面は、むしろ少ないのではないか？

「できないのか」

「――やるわよ、やればいいんでしょ」

陽介の手からひったくるようにしてつるはしを取る。とたんに、その意外な重さに美春はよろけた。軽いものではないだろうと思ってはいたけれど、ここまで重いとは。

横合いから手が伸《の》びて、つるはしを取り上げる。史郎だった。男子としては小柄《こがら》で、腕《うで》だってそんなに太いようには見えないけれど、片手でも危なげなくつるはしを持っている。

「軽いとね、かえって扱《あつか》いづらいんです。それに、地面を掘るのには、つるはしそのものの重さも利用するわけですからね」

まるで美春の頭のなかが読めるみたいに、史郎が説明する。

「陽さんも、ムチャ言わないでよ。手が滑《すべ》って、屋上のコンクリートに穴を開けちゃった、なんていったら、目も当てられないでしょ？」

「――そうか」

——あたしがつるはしを足の上に落っことしちゃったらとか、そういう心配もしなさいよ！

美春の内心の叫《さけ》びに気付いた様子もなく、史郎が差し出したつるはしを、今度は陽介が受け取り、大小のスコップやらロープやらが置かれているテント脇《わき》の一角に戻《もど》される。

「だけど、穴が掘れないんじゃな」

「掘る以外にも、発掘にはいろいろあるじゃない？　例えば資料を調べるとか……」

「そういうのは、史郎の仕事だ」

まあまあ——。陽介をなだめるように、史郎の手がひらひらと動く。

「せっかく発掘に興味をもって、クラブに入りたいって言ってくれてるんだから、まだ自由見学期間でもあることだし、試しに一度、実際の発掘に立ち会ってもらったらいいんじゃないかと思うんだ」

史郎の提案に、しかし、陽介はあまり乗り気のようには見えない。

「それで、お宝発掘部が出雲さんに向いているかどうか、お互《たが》いに確認《かくにん》する。発掘をしているのは、僕たちのところだけじゃないし。ほら、同じ格闘技《かくとうぎ》のクラブでも、試合重視のクラブもあれば、護身術としての実用性を考えるクラブもあるみたいなもんで、同じことをやるにも、自分に向いたクラブでやるのがいいと思うんだよね、お互いに。硬式《こうしき》野球部と草野球同好会が共存しているのが、真輝島学園のいいところなんだから」

「そうか。確かに土を掘るだけなら、考古学研究会でも、地学部古生物班でも、ガーデニング同好会でも、いくらでも他《ほか》にあるからな」

「それに、昨日、掘れば判《わか》るって出雲さんに言ったのは、陽さんでしょ？」

史郎の説得に、ようやく陽介がうなずいた。しかし――。

――穴を掘ること以外、考えてないのか、こいつは!?

何やら急に疲労《ひろう》を覚える美春だった。


史郎が陽介の賛成を取り付け、結局、仮入部ということで、美春のお宝発掘部入りは認められた。書類の上ではいちおう史郎が代表者ということになっているが、部長としての決定権などがあるわけではないらしい。まあ、二人だけの（きょうからしばらくは三人だ）零細《れいさい》クラブで部長や副部長を決めたところで、あまり意味はないだろうが。

届け出の締《し》め切りのこともあるので、なるべく早いうちに適当な発掘を実際にやってみる。それまでは、史郎が揃《そろ》えた考古学の入門書を読んだり、大学の考古学部を見学に行ったりして基礎《きそ》知識を身につける。基礎体力の増強は、とりあえず、なし――。

――二人があたしのことをクラブの一員だと認めて、捜索《そうさく》や調査の依頼人《いらいにん》のことまで話してくれるようになるまでは、まだちょっとかかりそうね……。

メモ帳を片手に史郎の説明を聞きながら、美春は遠い前途《ぜんと》――遠いだけでなく多難であるかもしれない前途を思い、心のなかでため息をついた。

——でも、負けない。挫《くじ》けたりするもんですか。見ていてください、剣持さん！

「出雲さん、コーヒーのお代わり、どうですか？」

内心の燃える決意に水を差された格好になり、ちょっとムッとしないでもなかったが、美春はカップを差し出した。史郎の淹《い》れるコーヒーは、ほんとうにおいしい。

——せっかく、こんなにおいしいコーヒーが飲めるんだから、もっと嬉《うれ》しそうな顔をすればいいのに……。

陽介は、あいかわらず無愛想な顔のままだ（ちなみに、さっき気がついたのだが、陽介が着ているのは高等部の標準服——詰襟《つめえり》タイプの学生服だった。上着を脱《ぬ》いで、白いTシャツ姿でウェイトトレーニングをしていたので判らなかったのだ）。別に、自分が原因ではないのだろうと思っても、あまり気分のいいものではない。

——嵯峨くんは、何とも思わないのかしら？

史郎は史郎で、いつもニコニコしていて、でも、気がつくと自分の思うとおりに周りの人間を動かしてしまっているようなところがある。

——やっぱり、要チェックね。

美春はメモ帳にそう書き込み、念のために二重のアンダーラインを引いた。

史郎に案内されて、高等部の図書室で何冊か本を借りる。『考古学ハンドブック』『楽しい発《はっ》掘《くつ》』『初心者のための発掘入門』――。図書室に、発掘に関連する本がこれほどあるとは思わなかった。

「暇《ひま》な時に、目を通しておいてください」

その後、高等部の校舎を出る。

「出雲さんは、花粉症《かふんしよう》とか鼻炎《びえん》とか喘息《ぜんそく》とかの持病はないですか？」

「ないわよ」

やはり、発掘は体力勝負ということなのだろうか。かすかに不安を覚える。

――でも花粉症？　肩《かた》こりとか腰痛《ようつう》じゃなくて？

その後、特に説明をするでもなく、史郎はすたすたと歩いていく。美春も慌《あわ》てて後に続く。

なにしろ、少し離《はな》れた大学のキャンパスも含《ふく》めて巡回《じゆんかい》バスが走っている広さの敷地《しきち》だ（最も離れた幼稚舎《ようちしや》から大学までは、地下鉄の利用が便利だったりする）。はぐれたら、迷子になってしまう。隊列を組んでランニングしていくユニフォームの一団とすれ違《ちが》う。そろそろ下校するグループの姿も多い。

「どこへ行くの？」

「発掘のスタート地点ですね」

スタート地点？　手ぶらだから、いきなり発掘ってことはないと思うけど――。何か判るかもと思い、さっき図書室で借りた本の目次をめくってみる。通行人にぶつかってしまい、ごめんなさいと謝って、「歩きながらの読書はやめよう」と反省メモに書き込む。

美春が疲《つか》れを感じ始めた頃《ころ》、ここですと言って史郎は立ち止まった。

「——ここって、中央図書館じゃない」

案内されたのは、蔦《つた》の絡《から》まるレンガ造りの建物——真輝島学園中央図書館だった。中等部や高等部などには属さない、純粋《じゅんすい》に学園そのものの図書館として独立している。貴重な文献《ぶんけん》などもあり、一種の文化事業的な意味合いを帯びて運営されているというから、学生に本を貸し出すサービス施設《しせつ》というより、美術館や博物館に近いかもしれない。必要な本は、それこそさっき借りた発掘関係の入門書のように高等部の図書室で間に合っていたこともあって、広大な学園のほぼ中央に位置するこの建物に、美春は馴染《なじ》みがなかった。

「事前の資料調べには、ここがいちばんなんですよ」

天井《てんじょう》の高い玄関《げんかん》ホールを抜《ぬ》け、学生証を提示して内部に入る。やはり高い天井の室内に、びっしりと本の並んだ木製の書架《しょか》が並んでいる。迂闊《うかつ》に開いたらばらけてしまいそうな古い本ばかりで、ひなたのような甘《あま》い匂《にお》いが鼻をくすぐる。空気もなんだか埃《ほこり》っぽい。呼吸器まわりの持病のことを訊《き》かれたのはこのためかと納得する。

「こんなところだったら、ページの間に宝島の地図の一枚や二枚、挟《はさ》まってそうね」

天井に届く高さの書架の間を歩いているうちに、押し潰《つぶ》されそうな圧迫感《あっぱくかん》を覚え、それを振《ふ》り払《はら》うようにわざと明るく言ってみる。

「何、ガキみたいなことを言ってるんだい。そんなもの、あるわけないじゃないか」

不意に飛び込んできたアルトの声にムッとする。

「やあ、史郎、珍《めずら》しいな、女連れなんて」

声は、前方やや下のほうから聞こえた。見ると、書架の間から、丸い眼鏡《めがね》をかけた男の子が顔を出していた。

「やあ、ナツキ。実は、久々の新入部員なんだ。出雲美春さん」

〝久々〟じゃなくて〝初めて〟、〝新入部員〟じゃなくて〝仮入部〟でしょ――。内心で史郎の言葉を訂正《ていせい》しながらも、いちおうはよろしくと頭を下げる。

「へえ、珍しい。土いじりが好きなのか――」

ナツキと呼ばれた男の子は、書架の間から出てくると、丸い眼鏡フレームを通して無遠慮《ぶえんりょ》な視線を美春に向けた。

「――それとも、一攫千金《いっかくせんきん》を狙《ねら》ってるのかな？」

こっちも無遠慮に観察することに美春は決めた。まだ子どもだということを考慮《こうりょ》に入れても、ずいぶん頭が大きい感じだ。それだけなら、図書館にこもって本ばかり読んでいる男の子にふさわしい印象を与《あた》えたかもしれない。しかし、丸い目から鼻にかけて散らばったソバカスが、いかにも悪戯《いたずら》っ子《こ》というニュアンスを付け加えている。サスペンダーで吊《つ》った半ズボン。ハイソックスに大きめの革靴《かわぐつ》。白いシャツの襟《えり》には蝶《ちょう》ネクタイ――。どうやら、初等部の標準服から上着をとったスタイルらしい。もっとも、黒い袖《そで》カバーは標準服に含まれていないはずだが。これで、サンバイザーのような帽子《ぼうし》を被《かぶ》ったら、西部劇に出てくる銀行員だ。

「近くで小規模な宝探しをやりたいんだ。出雲さんに基本的なところをひと通り経験してもらいたいんでね。適当なものがあるかな？」

「近場で、ハイキングがてらに掘《ほ》れそうな場所ってことだね」

フンと鼻を鳴らして美春から視線を外すと、ナツキは最初にいた書架の間に戻《もど》った。

「ナツキは初等部の五年生だけど、この中央図書館の主みたいな存在なんです」

「文学少年予備軍ってわけね」

小五？　生意気な子どもだなと思わないでもなかったけれど、努めて笑顔で言う。

「それは誤解だよ、美春」

——年上を気安く呼び捨てにするんじゃないの！

再び顔を出したナツキは、梯子《はしご》を肩にしていた。印象を訂正する。ブラシこそ持っていないけれど、これではどう見ても煙突掃除屋《えんとつそうじや》さん——。

「僕は、本に書かれている内容にはこれっぽっちも興味はない。文学だろうが、自然科学だろうがね。ただ、それらを整理、分類して、最も利用しやすい検索《けんさく》システムを構築することにはすごく興味がある。それだけなんだ。書名、著者名、テーマといった通常の手掛《てが》かりだけじゃなく、あらゆる角度から、必要な情報が即座《そくざ》に手に入れられるような検索システムとはどうあるべきか。そして、現実に存在する版形も重量もさまざまな物体としての書籍《しょせき》をどのように整理、分類、収納すべきか。半世紀以上にわたって、無秩序《むちつじょ》に収集、蓄積《ちくせき》を繰《く》り返してきただけのこの中央図書館の蔵書。旧式の分類法に基づいて、形ばかりの整理が為《な》されているだけの無《む》慮《りょ》数千万冊のこの本の山。これこそが僕にとっての研究課題、この書架の並ぶ部屋こそ、僕にとっての情報の戦場なんだ」

梯子を肩《かた》に歩きながら熱っぽく語るナツキ、小学五年生。五つも下の子どもに名前を呼び捨てにされてムッとしていたのに、毒気を抜かれた感じだ。

——でも、ひょっとして、お宝発掘部の関係者って、こういうちょっと変わったタイプの人しかいないのかしら？

コーヒーを淹《い》れるのが上手な代表者はともかく、穴を掘ることにしか興味のない部員とか、本の内容には興味のない図書館の主とか——。調査のためとはいえ入部を志願してしまったことを少しだけ悔《く》いる気持ちが湧《わ》いてくる。

「それから美春、僕は少年じゃない。少女だ」

「えっ？」

今度は声が漏《も》れてしまった。失礼とは思ったが、反射的に目が行ってしまう。ナツキの喉元《のどもと》とか、胸とか、腰《こし》とか。平ら、平ら、平ら。後の二つは、小学五年生にしては平ら。

——それにしても、自分で自分のことを〝少女〟って言っちゃう女の子って……。

「失敬だぞ、美春。自分だって、その年代の標準からすれば、豊かなプロポーションとは言えないじゃないか」

「なによ、生意気ね」

ソバカスの浮《う》いた顔を赤らめながらのナツキの抗議《こうぎ》に、美春も言い返す。

「まあまあ、ナツキも出雲さんも、仲良くいきましょう、仲良く」

明るい声で史郎がなだめに入る。

——やっぱりいいかげんよ、お宝発掘部！

やや八つ当たり気味に美春は思った。

「ええと、『関八州風説聞書』……『寒村夜話』……『破れ草履《ぞうり》』に『木枯手帳《こがらし》』……」

目的の書架《しょか》に梯子をかけると、ナツキはするすると昇《のぼ》っていった。いつもこんなことをしているのなら、スカートは向いてないわね——。妙《みょう》なことに感心しながら美春が見守るうちに、ナツキは何冊かの本を書架から抜《ぬ》き出した。時代劇の小道具のような和綴《わと》じの本が半分ほど。

白い手袋《てぶくろ》をしているのは、貴重な本を傷めないための配慮《はいりょ》だろうか。

「——こんなところかな」

「ありがとう、ナツキ。助かる」

受け取る史郎の手にも白い手袋がはまっていた。

「念のために言っておくけど、禁帯出だからね。閲覧室《えつらんしつ》から外へは持ち出さないでくれよ」

「解《わか》ってますって」

傍《はた》で見ていて不安になるくらい軽く請《う》け合うと、史郎はナッキが選び出した本を、いちおうは両手で捧《ささ》げ持つような格好で、閲覧室に運び込んだ。

高等部の図書室には、それ自体が貴重品であるような本などはほとんどないし、大学の各学部の図書室では、貴重な文献《ぶんけん》の内容は電子データ化されて、特別な場合を別にすれば実物に直接手を触《ふ》れる機会はほとんどないと聞いている。

実態調査のための偽装《ぎそう》とはいえ、美春もいまはお宝発掘部の一員（仮）だ。着席した史郎が資料を紐解《ひもと》いている間に、本物の古文書とやらに目を通してみるのも、いかにもやる気のある新入部員（仮）らしくて悪くないだろう。和綴じの古い本は、迂闊《うかつ》に触《さわ》ると分解してしまいそうなので、金箔《きんぱく》押しの革で装丁《そうてい》されたハードカバーを選び（なにしろ手袋は持っていないので）、ハンカチでくるんだ指先で、恐《おそ》る恐るページを開いてみる。

――よ……読めない……！

クリーム色というよりキツネ色に近いような紙の上には、ヨーロッパ系言語のアルファベットらしい文字が並んでいたが、〝p〟とか〝s〟とか判別できるのは、三分の二ほどか。それが何について書いてある本なのかに関しては、見当さえつかない。

――こっちは日本語のはずよね……。

悔《くや》しいので、隣《となり》に置かれた和綴じの本の表紙をめくってみる。『破れ草履』という妙な表題はなんとか読めたのだが――。

――日本語のはずなのに……。

草書、というやつだろう。流れるような、それでいて安定した曲線の群。じっと見ていると、心が落ち着くような、あるいはトリップしてしまいそうな――。美春は、日本文化に初めて触れたヨーロッパ人の気持ちが少しだけ理解できるような気がした。

――それにしても……。

熱心に本の内容を追っている様子の史郎を見ながら思う。自分と同い年のこの少年は、〝И〟やら〝Я〟などという印刷ミスのような文字が混じった文章や、どこで切れているのかもよく判《わか》らない曲線が語る意味を読み取ることができるのだろうか。

――それを言うなら、あのナッキって子だって……。

本の内容にはまったく興味がないと言っていたけれど、史郎が出した条件を満たす資料を手《て》際《ぎわ》よく揃《そろ》えてしまった。検索《けんさく》システムとか、そういうものの威力《いりょく》なのだろうか。いや、システムの威力だとしても、それを考案したのはナッキ自身ではないのか。

――前に嵯峨くんが使った本の題名と置き場所を覚えていただけかも。うん、きっとそうよ。

必要なページを係員にコピーしてもらい、史郎と美春は中央図書館をあとにした。ナッキに挨拶《あいさつ》しなくてもいいのか訊《き》いたが、仕事に熱中しているところを邪魔《じゃま》すると不機嫌《ふきげん》になるから、という返事だった。

　さっき疑問に思ったことを訊いてみる。

「楽器の趣味《しゅみ》がある人は、楽譜《がくふ》を読めるでしょ？　似たようなもんです」

　さらっと答える史郎。そういうものだろうか。わが身を振《ふ》り返ってみると、茶道部に入ってもう二年目（いや、やむを得ない理由で中断するわけだけれど……）だというのに、いまだに正座は苦手だし、和服の着付けもできない。――ちょっと違《ちが》うか。

「ナツキは、単に天才児だってことで」

　――そういうことを、さらっと言わないでよ、さらっと！

　来た道を逆にたどり、高等部の校舎前で別れる。クラブ棟《とう》のほうに行く史郎を見送ると、美春はもう一度図書室に行った。『はじめての古文書解読』とか『文献学の基礎《きそ》』とか、そういったタイトルの本を借りるために。

「もう一度来るだろうとは思ったけれど、まさか、入部って形をとるとは思わなかったな」

「そうか」

「僕たちの目の届かないところでコソコソされるよりは、むしろ安全かな。彼女の存在自体がカムフラージュになるって効果もあるしね」

「そうか」

「──珍《めずら》しく、たくさんしゃべったね。実は嬉《うれ》しんでしょ、陽さん？」

「…………」

「まあ、いいや。──そろそろ約束の時間だ」

大学に夜間部のあることも影響《えいきょう》し、真輝島学園の下校時刻というのは、高等部以下でも有名無実といっていい。特にクラブ棟は、夕方になっても人の気配が残っているどころか、活気を溢《あふ》れさせている。もちろん、真面目《まじめ》な生徒会役員である美春はとっくに下校してしまったが。

「あの、見つけ屋さんですか？」

おずおずと尋《たず》ねる声。

「一年Δ《デルタ》組、荒木真理子《あらきまりこ》さんですね？　お待ちしてました。どうぞ、こちらへ」

史郎が声をかけると、声の主は扉《とびら》の陰から頭だけ出して、しばらくあたりを窺《うかが》う様子をした後、ようやく二人のテントのほうに来た。高等部の標準服を着た少女だ。肩《かた》まで伸《の》ばした癖《くせ》のない髪《かみ》。平均よりやや小さめの体格。見つけ屋への依頼《いらい》で緊張《きんちょう》していることを差し引いても、控《ひか》えめでおとなしそうな少女に見える。

「僕は二年A組の嵯峨史郎、こっちは同じくΩ組の堀田陽介、そしてこれが、お宝発掘部オリジナルブレンドのコーヒーです。よかったら、どうぞ」

差し出されたカップを受け取り、真理子はかすかにはにかんだような笑みを浮《う》かべた。

「──依頼は、タイムカプセルの発掘ということでしたね？」

ディレクターズチェアを一つ、開いて真理子に勧《すす》めると、雑談などで時間を無駄《むだ》にすることなく、史郎はいきなり本題に入った。

「はい」

「少しくわしいところを聞かせてもらいましょうか。埋《う》めたのは何年前ですか？」

「小学校の卒業記念だったから、三年と少し前になります」

史郎はノートパソコンを広げ、真理子から聞き出したことをメモしていく。

「卒業記念ということは、学校の行事だったんですか？」

「いえ、そのころ仲のよかったグループで、記念っていうか、おもしろそうだと思って――」

真理子と仲のよかった数人が、未来の自分に向けたメッセージを添《そ》えて、品物を埋めることにした。

「それで、カプセルというのは、どんなものでした？」

「バケツです、プラスチックの、蓋《ふた》の付いた――」

「なるほど。そうじゃないかと思って、僕たちも用意してたんです。陽さん――」

史郎が声をかけると、それまで黙《だま》ってフェンス際でダンベルを上げ下げしていた陽介が、テントに入り、いくつかのプラスチック容器を両手にぶら下げて出てきた。

「ひと口にバケツと言っても、形とかサイズとかいろいろありますからね――」

言いながら史郎は真理子の前にバケツを並べた。ありふれた円筒形《えんとうけい》をした水色の蓋付きゴミバケツ。同じ円筒形でも、ひと回り大きな緑色のもの。サイズは似たようなものだが、どこか外国風のイメージがあるグレイのもの。本体と蓋が蝶番《ちょうつがい》でつながった四角いタイプ。営業用の漬《つ》け物《もの》でも入っていそうな太くて背の低い黄色いタイプや、雑巾《ぞうきん》といっしょに拭《ふ》き掃除《そうじ》に使うだろう取っ手の付いた蓋なしの小さなものまであった。

「荒木さんたちのタイムカプセルにいちばん近いのは、どれですか？」

ほとんど迷った様子もなく、真理子はごく一般《いっぱん》的なゴミ容器――水色のプラスチックで出来た、円筒形のバケツを指差した。

「サイズは、もう少し大きかったかもしれませんけど」

「――なるほど」

史郎がノートに書き込む間に、真理子が指差した以外のバケツを陽介が片付ける。

「――もし、差し支えなければ、荒木さんがカプセルに入れたのは何なのか、教えてくれませんか？」

「ハムスターの縫《ぬ》いぐるみです。これくらいの大きさの――」

両手で二〇センチくらいの長さを示しながら真理子が答える。

「茶筒《ちゃづつ》に入るくらいの大きさですね」

「ええ、そうです。お茶の缶《かん》に入れました」

品物は、カプセルに入れる前に、それぞれが煎餅《せんべい》やクッキーなどの大きな空き缶に入れられ、ビニール袋《ぶくろ》とガムテープで何重にもくるまれた。品物を湿気《しっけ》や虫などから守るためであるが、もう一つ、中身が他人に判《わか》らないようにするという目的もあった。

「そのほうが、カプセルを開ける時の楽しみが大きいんじゃないかってことで——」

「そうですね。きっと、開けた時にウケることを狙《ねら》った品物を持ってきた人もいたでしょう。中身は開けた時のお楽しみにするというのは、やはり、発案者の——」

「ええ、野口《のぐち》くんのアイディアです」

「他の人は何を入れたんでしょうね」

「外からは、判りませんでした。みんな、ビニールで包まれた四角い缶で……。ああ、でも、鹿島《かしま》さんは本だったんじゃないかしら。いつも本を読んでたし、包みも、四角くて、平べったい形だったから——」

　個々に包装されたメッセージ付きの品物の缶は、さらに蓋の付いたプラスチックのバケツの中に入れられて、厳重に密封《みっぷう》されたうえで地面の下に埋められたという。

「ところで、カプセルにしたバケツも、野口くんが用意したんですか？」

「新品のバケツを、みんなでお金を出し合って買いました」

「中古品を流用するわけにもいきませんよね」

　ふんふんとうなずきながら、史郎は質問を続けた。

「それで、埋めることになったわけですね」

「実は、カプセルが用意できたのに、埋める場所が決まってなくて――」

学校の行事ではないので、校庭などに埋めるわけにはいかなかった。公園や神社の境内なども、勝手に穴を掘《ほ》れないということでは同様だった。

「誰《だれ》かの家の庭ってことは考えませんでしたか？」

「はい、戸部《とべ》くんが最後まで言い張ってました。自分の家の庭がいちばん広いから、そこに埋めるって。でも、誰かの家の庭では不公平な感じがするし、それに、タイムカプセルを埋める場所らしいロマンがないと思うんですよ」

「解ります」

「近所の空地はほとんどが分譲地《ぶんじょうち》で、いつ家が建ってしまうか判らないし――」

あれこれ検討した結果、カプセルは、少し離《はな》れた山――熊尾山《くまおやま》に埋められることになった。熊尾山は、低学年の遠足や、高学年になってからの自然観察会などで、みんなにとっても馴染《なじ》みのある場所だったし、山のなかなら、そう簡単に家やマンションが建てられるようなこともないだろうと思ったからだ。

「荒木さんは、中学から真輝島ですか？」

「はい」

「じゃあ、驚いたでしょう、熊尾山一帯が真輝島の敷地だって知って」

「ええ、まさかと思いました」

真輝島学園は、その広大な敷地内に幼稚舎《ようちしゃ》から大学までを抱《かか》え込んでいるのみならず、山や川、谷や湖など、さまざまな地形が揃《そろ》っている。クラブ活動や学校行事で利用するだけではなく、近臨の小学校などの利用も許しているのだ。

「ところが、開発の手は、思っていたよりずっと早かった——と？」

「そうなんです。雑木林に埋《う》めたことは覚えているんですけど、山の半分くらいはもう地膚《じはだ》が見えちゃって、どこがどうだったのか、見ても判らないんです」

「あのあたりは、真輝島でも外れのほうですしね。最近、土地の利用については、学校法人としての優遇《ゆうぐう》なんかもあって、もめてるなんて話も聞きます」

周囲の風景が変わってしまい、場合によっては道も消えてしまったかもしれない。仮にカプセルを埋めた雑木林は残っていたとしても、そこにたどり着き、埋めた場所を特定できるかどうかは微妙《びみょう》なところだろう。

「何か目印は残しておかなかったんですか？　石を積んでおくとか？」

「いえ、何も……。変に人目を惹《ひ》くようなものがあると、掘り返されちゃうんじゃないかって心配がありましたし、こんなにすぐに判らなくなるとは思わなかったので——」

「ある意味、賢明《けんめい》な判断ですよ。それに、掘り返されないまでも、目印そのものがイタズラ半分で壊《こわ》されてしまうなんてことは充分《じゅうぶん》に考えられますからね」

真理子を慰《なぐさ》めるように、しかし、ノートパソコンからは目を上げずに史郎は言った。

「それで、僕たち《お宝発掘部》の出番というわけですね」

「お願いできますか？」

「何とかなるんじゃないかと思います。——期限は区切られていますか？」

「できれば今月中、連休前にお願いしたいんですけれど——」

「——連休前……」

これもノートにメモする。

「いくつか質問をさせてくださいね」

真理子の説明を促《うなが》すための、いわば相づちのようなこれまでの質問から、カプセルを埋めた場所を特定し、発掘するための質問に切り換《か》える。

「まず、カプセルに見て判るような特徴《とくちょう》はありますか？」

「特徴、ですか？」

「例えば、グループの名前やマークが大きく書いてあるとか、メンバーの似顔絵を描《えが》いたとか、表面を水玉模様や縞《しま》模様に塗《ぬ》ったとか、鎖《くさり》で縛《しば》ってあるとか、そういうことです」

「埋めた日付と、掘り出す予定日を書きました。それから、みんなの名前も。あとは、英語でTIME CAPSULEとか、PRESENTとか、FUTUREとか、そんなことも書いたと思います」

「どんな感じでしょうかね。大雑把《おおざっぱ》でかまいませんから、ちょっと書いてみてください」

史郎は真理子の正面にバケツを置き、フェルトペンを差し出した。真理子は少しのあいだ考える素振《そぶ》りをした後で、まず蓋《ふた》の円周に沿う形で「TIME　CAPSULE」と書き、さらに埋めた日付と掘り出す予定日を矢印でつないで書いた。本体のほうにもアルファベットを書き、その下の余白をしばらく眺《なが》めた後で、ペンにキャップをした。

「どうしました？」

「たぶん、この下のところにみんなの名前が書いてあったと思うんですけど――」

「はっきりとは思い出せない、と」

史郎はペンを受け取った。

「大丈夫《だいじょうぶ》でしょう、これだけ手掛《てが》かりがあれば」

「手掛かりですか？」

土に埋まっているはずのカプセル。表面の特徴が発見の助けになるとは思えないが。

「いえ、例えば熊尾山にカプセルを埋めた人が他《ほか》にもいるかもしれないでしょう？　掘り出したのが別のカプセルなのに、開けたりしたら問題ですよね」

「はあ……」

「それに、探す前から不吉《ふきつ》なことは言いたくありませんが、カプセルがすでに掘り出されていたり、最悪、破損してしまったりしている場合も考えられないわけではありません。その際に、それが荒木さんたちの埋めたカプセルなのかどうか見分ける手掛かりが必要です」

「そうですね……」

「タイムカプセルを埋めたのは四人ですか？」

「いえ、六人です」

「発案者の野口くん、文学少女の鹿島さん、自分の家の庭にカプセルを埋めようと言い張った戸部くん、そして、荒木さんで四人ですが？」

「それが、何か関係あるんでしょうか？」

「埋めた場所を特定する手掛かりの一つですよ。——友だちとおしゃべりしながらだと、疲《つか》れないとか、時間の経《た》つのが早いとかっていう経験はしたことがあるでしょう？」

「えっ、ええ……」

「パーティも、人数が増えれば増えるほど歩ける距離《きょり》が延びます。逆に、単位時間当たりに移動できる距離は減りますが。そして、距離の延びもずっと人数に比例するわけではなく、途中《とちゅう》で逓減《ていげん》を始めます。最終的に到達《とうたつ》しなければならない場所が決まっているかどうか、時間的制限があるのかどうかによって、この逓減開始点も異なり——退屈《たいくつ》でしたね。簡単にいえば、出《で》掛《か》けていった人数によって、なんとなく半日歩いた場合の移動距離は違《ちが》ってくるってだけの話で、計算式はパソコンに入れてありますから」

「そうですか……」

真理子は視線を手許《てもと》に落とし、史郎の表情を窺《うかが》い、また手許《もと》に戻した。

「――カプセルを埋めたのは六人……。あとの二人、覚えてますか？」

「ええと、六人くらいだったような気がするってことで、四人より多かったのは確かなんですけど、ひょっとしたら五人かもしれないし、七人いたかもしれないし……」

「確かなことは覚えていない、と。――さっき名前の出た三人ですけど、真輝島の生徒はいますか？」

「いいえ」

「ですよね。もしいれば、相談したでしょうし――」

そこで史郎はノートの画面から顔を上げた。

「それとも、もう誰《だれ》かに相談しましたか？」

「いいえ、まだです」

しばらくの沈黙《ちんもく》の後、真理子が目を伏《ふ》せ、口を開いた。

「――あの場所、熊尾山を選んだのは、あたしなんです。それが、場所が判《わか》らなくなっちゃったなんて、みんなに言えない……」

「おまえの責任じゃないだろ」

不意に陽介のぶっきらぼうな言葉が割り込む。

「こんなことになるなんて、三年前には誰にも判らなかったんだし、おまえが木を切り倒《たお》したわけでもない。おまえの責任じゃない」

「陽さん、荒木さんが怯《おび》えてるって……」

史郎にたしなめられて、陽介はまた二人から離《はな》れた場所でダンベルを上げ下げし始めた。

「まあ、堀田の言うとおりで、荒木さんが気に病《や》むことじゃないですよ」

「でも――」

「もちろん、秘密は守ります。さっき名前の出た三人のところにも、話を聞きに行ったりはしませんから、安心してください」

「はい――」

それでも真理子はまだ目を伏せたままだ。

「もしも何もなかったら、カプセルを掘《ほ》り出すのは一〇年後の予定だったんですよね？」

バケツの蓋《ふた》に書かれた日付を見ながら史郎が言う。

「はい。一〇年後の同じ日です」

「一〇年間、造成されたりしない場所というと、なかなか難しいですよ」

そこで史郎はいったんノートを脇《わき》に置き、ポットを取って、まずは真理子に勧《すす》めた後で、自分のカップにコーヒーを注《つ》いだ。

「それで、これは参考までに聞かせてもらいたいんですけど、僕たちがカプセルを発見したら、どうします？」

「どう、と言いますと……？」

「例えば、この際だからいっそのこと開けちゃおうとか、適当な場所を探してもう一度埋《う》め直そうとか、いろいろあると思うんですが」

「見つかってから、考えます。みんなとも相談しないと……」

「そうですよね。みんなで埋めたカプセルですからね」

今度は空になったカップを脇に置くと、史郎は再びノートパソコンを取り上げ、キーの上に指を走らせた。

「さっそく、明日からでも調査を始めます。成果があればすぐに連絡《れんらく》しますから、荒木さんも何か思い出したら、教えてください。どんな些細《ささい》なことでも構いません」

「はい。――あの、お礼は？」

「ええとね、荒木さんは、キザなセリフにアレルギーはないですか？」

「は……はい？」

固かった真理子の表情が、きょとんとしたものになる。

「その行方《ゆくえ》知れずのタイムカプセルに、荒木さんはロマンを感じていますか？」

「ロマンですか？」

「ロマンです」

「――ええと、感じていると思います。カプセルを開ける時のことを考えると、ドキドキしたりして……」

「ならば、それでOKです」

「は……はあ……」

「…………」

「…………」

「コーヒー、いかがですか？」

「いえ……」


「どうして写真を持っていなかったんだろうね」

バーナーの上で煙《けむり》を上げている中華鍋《ちゅうかなべ》に油をひきながら史郎が言う。

「俺は写真は嫌《きら》いだ」

「そうじゃなくて、タイムカプセル埋蔵《まいぞう》の記念写真。埋める前にカプセルを囲んで一枚、埋めた後でカプセルの上で一枚。手には、埋めた日付と掘り出す日付を書いたボードを持って――。やりそうだと思わない？　まあ、この場合はカプセルに日付が書いてあったわけだけど。それはともかく、カプセルを埋めること自体が記念なんだし、たぶん、掘り出す時にも必ずカメラを持っていくんじゃないかな」

一枚――。一枚――。言いながら、片手で生卵を鍋《なべ》に割り入れ、すぐにかき混ぜる。

「埋めた場所の手掛《てが》かりか」

「そうなんだよ。カプセルを見つけてほしい依頼人《いらいにん》としては、手掛かりになりそうなものなら、何でも持ってきたと思うんだ。雑木が四、五本、あとは地面が写ってるくらいでも、ひょっとしたら、何かの手掛かりになるかもしれない。自分には判らなくても、相手は噂《うわさ》の《見つけ屋》なんだからね。だけど、彼女は持ってこなかった」

卵が半熟になったところで、冷や飯を加え、手早く玉杓子《たまじゃくし》でほぐす。鍋に入れる前にすでに粗《あら》くほぐしてあったので、それほど手間はかからない。

「忘れただけじゃないのか？」

「あるいはね。忘れただけなら、後で思い出して持ってきてくれるかもしれない。写真については、明日以降に期待しましょう」

バーナーの強い火力の上で、鍋を躍《おど》らせる。卵でコーティングされた飯粒《めしつぶ》が舞《ま》う。一粒《ひとつぶ》一粒がぱらりとした仕上がりになるかどうかの分かれ目だ。鍋を振《ふ》る史郎の腕《うで》にも力がこもる。

「あとね、カプセルを埋めた山が、自分の知っている山とは大きく姿を変えてしまったことを、彼女はどうして知ったんだろうね」

「山か」

「うちの敷地内とはいっても、そんなにしょっちゅう行く場所じゃないでしょ？　学校の行事でも、熊尾山へ行くようなことはなかったしね。例えば、彼女がカプセルを埋めた場所を定期的に見に行っていたとするよね。いつ、行くと思う？」

「埋めた日、掘り出す日」

塩、胡椒《こしょう》、酒、刻みネギ……。味がまんべんなく行き渡《わた》るように、調味料を加えては鍋を振る。この間だけは、口をきかない。

「――ごめんね、話の途中《とちゅう》で。そうなんだ。三月三〇日に埋めたなら、次の年も、その次の年も、三月三〇日に見に行くのがいちばん自然な行動だと思う。たまたま天気が悪くて四月一日にずれ込んだりするなんてことはあるかもしれないけど。それで山の異変を知った彼女は、四月の半ばの今日に至るまで、何をやってたんだろう？」

「迷ってた」

「なるほど、それが正解かもね。――はい、おまちどうさま」

中華鍋を、コンクリートブロックで作った〝置き台〟の上に置く。卵とネギだけのシンプルな炒飯《チャーハン》。固形燃料で温めておいたスープの鍋も持ってくる。

陽介が丼《どんぶり》サイズの木の椀《わん》に玉杓子で炒飯を山盛りにし、もう一つの椀をスープで満たした。

「いただきます」

両手で拝んでから、炒飯の山に箸《はし》を突《つ》っ込む。

「おいしい？」

「ああ」

サングラスの奥《おく》で目を細めると、史郎は自分の皿に炒飯をよそった。

「女の子が喜びそうな献立《こんだて》っていうと何だろうね？」

「女？」

「発掘《はっくつ》に行ったら、出雲さんの分のご飯も要《い》るでしょ」

「甘《あま》いもんじゃないのか、女なら」

「甘いもの……甘いものね。――陽さんは何が食べたい？」

「炒飯」

「炒飯、了解《りょうかい》」


空になった鍋と食器を洗う。

片付けが済んだところで、焚《た》き火代わりのランプを間に挟《はさ》み、コーヒーのカップを手に向かい合う。

「はい、コーヒー」

「どうして、カプセルを埋《う》めた仲間のことを覚えていなかったのかな」

「学校が別だった」

「三年前までいっしょだったんだよ」

「覚えてたぞ、言い出しっぺと、文学少女と、庭の広い奴《やっ》と」

「逆だよ。三人しか覚えていなかった。あるいは、覚えていない振りをした。その三人の名前は、カプセルを埋めた経緯《けいい》を話す時に、そこで話したエピソードに絡《から》んで出てきた。いつ、どこに埋めたかだけを聞いて、さて、埋めたのは誰《だれ》ですかと質問したら、発案者の野口くんくらいしか名前が出てこなかったんじゃないかな」

「六人っていうのは覚えてた」

「そう、きっちり六人って覚えていた。だけど、あと二人、名前が出てこない。答えた後で、四人より多かったのを覚えているだけと訂正《ていせい》した。それにしちゃ、発見後のカプセルに関しては、みんなに相談するって言っている」

「ど忘れじゃないのか？」

「あるいはね。まあ、写真のことも含《ふく》めて、今後に期待しましょう。ただ、依頼《いらい》に嘘《うそ》があった場合は、ちょっと困るな」

「嘘？」

「例えば、タイムカプセルを埋めたのが荒木さんじゃなかった場合とかさ。もっとも、自分が埋めたのはハムスターの縫《ぬ》いぐるみだとか、鹿島さんの埋めたのが四角くて平べったい缶《かん》だったってこととか、自然に話していたから、彼女がタイムカプセルを埋めたってことに関しては信憑性《しんぴょうせい》が高いと思うけどね。――おかわりは？」

「ん」

差し出されたカップにコーヒーを注《つ》ぐ。

「訊《き》けばいい」

「僕たちが依頼に嘘があるんじゃないかって疑っていることを知ったら、荒木さんは依頼を取り下げるだろうね。そうなったら、僕たちとしても勝手に掘《ほ》るわけにはいかなくなるよ」

「掘るの、やめるのか？」

「まさか。掘れば必ず何かが出てくるとは限らないけど、掘らなければぜったい何も出てこない——。それが僕たち、お宝発掘部でしょ」

「そうか。——史郎、おまえ、エプロン似合うな」

「ありがと、陽さん」


仮入部が認められたところで、美春はいちおうの経過を剣持薫に報告した。剣持は生徒会長であるだけではなく、茶道部の部長でもあるからだ。一時的かつ形式的なものであるにしても、茶道部に退部を申請《しんせい》するのは辛《つら》かった。

実態調査に正確を期すためとはいえ、対象となるクラブに実際に入部してしまうなんて、出雲くんは意外に大胆《だいたん》だね——。剣持はかすかな驚《おどろ》きの表情を浮《う》かべて、そう言った。

——意外に大胆……。やっぱり目立たなくて、引っ込み思案な女の子だって思われてたのかしら？　でも、意外に大胆……。あたし、大胆な女の子だって思われちゃった？　キャーッ！

「おい、史郎、何やってんだ、あいつ。顔を赤くして、体をくねくねさせて」

「さあ、僕にも判らないよ。女の子ってのは、複雑だから」

「そうか」

「あの、嵯峨《さ》くん──」

美春が振り向くと、そこにはお宝発掘《はっくつ》部の部員二名が並んでいた。陽介はあいかわらずダンベルを手にし、史郎はライムグリーンのジャケットにペパーミントグリーンのシャツ、モスグリーンのタイに、クリーム色のスラックスというでたちだった。ちなみにサングラスはソーダ水を思わせるグリーン。

「はい、何でしょう、出雲さん？」

「例の、手近な発掘プランって、まだ出来ないの？」

言葉に力がこもる。中央図書館からの帰り道では、近いうちにプランを立てると言っていたのだが。

早く実際の発掘をして、陽介や史郎に自分のことを信用させ、お宝発掘部の実態に迫《せま》らなければならない。そうでないと、クラブ活動の選択《せんたく》届出締切《しめきり》に間に合わなくなってしまう。もちろん、締切の後でお宝発掘部が解散になれば、部員は別のクラブに入り直すことになる。その時に、改めて茶道部に再入部すればいいだけの話なのだが、できるなら、自分の〝クラブ歴〟に傷を付けたくなかった。体験入部や移動の自由な四月の選択期間のうちにお宝発掘部の件にはケリをつけて、晴れて茶道部での活動を〝継続《けいぞく》〟したかった。

――早くしないと、四月が終わっちゃう！

「急ぐんですか？」

「いえ、あの、ほら、本物の発掘を実際に見るのなんて初めてだから、待ち遠しいなあって」

――ああ、許してください、剣持さん。出雲はまた嘘をついてしまいました。

どうも、お宝発掘部にかかわってから、自分の心が汚《よご》れていくような気がする。

「大丈夫《だいじょうぶ》ですよ、出雲さん。クラブ活動の登録締切にはきちんと間に合わせますから」

――うっ……しっかり見抜《みぬ》かれてる……。

「いちおうですね、熊尾山の発掘現場を覗《のぞ》いて、それから、お寺を調べさせてもらおうかなと思ってます」

「熊尾山って、小学校の遠足で登ったことあるわ。あんなところにも遺跡《いせき》が埋《う》まってるの？」

「ええ、まあ」

美春は、山のふもとに広がる前方後円墳《ぜんぽうこうえんふん》を思い描《えが》いた。ピラミッドとか地下迷宮とか、そういうものは日本には存在しないだろうが、遺跡……。

「遺跡といっても、古墳《こふん》とか大規模なものではないんですけどね」

「そう、そうよね」

笑ってごまかすが、どうしようもなく頬《ほ》っぺたが熱くなるのを自覚する。どうも最近、想像力が暴走気味のようだ。

「史郎の言った本、ちゃんと読んだのかよ」

「失礼ね、ちゃんと読んでるわよ」

無愛想な陽介の声に、思わず刺《とげ》のある声で応《こた》えてしまう。

「何が書いてあった？」

――うっ……。

答えに詰《つ》まる。実は、史郎が見繕《みつくろ》ってくれた入門書のうち、いちばん気楽に読めそうなエッセイ集の類《たぐい》を読み始めたばかりなのだが、最初に出てきたのはトイレの話だった。トイレの遺跡から出てきたウンチの化石から、当時の人間の食生活などが判《わか》るといったような話。

――言えない……いきなりトイレやウンチの話なんて、できるわけないじゃない！

「駄目《だめ》みたいだぞ、史郎」

「まあまあ、陽さん。いいじゃない、遺跡。ロマンチックで」

――あ……あたしはロマンチックなんかじゃない……発掘にロマンを感じたりしない……あたしは生徒会役員として、現実に生きる堅実《けんじつ》な女なのよ！

嫌《きら》いな言葉を三つ挙げろと言われたら、即座に「ロマン」「ロマンス」「ロマンチック」の三段活用を答える。それが出雲美春である。

「出雲さん、コーヒーどうです？」

どうも、美春が拳《こぶし》に力を込めたところを見計らって、史郎がコーヒーを勧《すす》めているような気がする。いや、気のせいだろう、たぶん。

「あ……ありがとう……」

おいしいコーヒーの誘惑《ゆうわく》に負け、美春は湯気を立てるカップに手を伸《の》ばした。

――後でメモしておかなきゃ……。

入門書の類を今週中に読破することを備忘メモに。熊尾山に発掘に行くことを調査メモに。

そして、食べ物の誘惑に屈《くっ》してしまったことを反省メモに。

翌日の放課後、美春は発掘部の二人といっしょに、校内巡回《じゅんかい》バスの停留所に立っていた。

「お宝発掘部に顧問《こもん》がいたの？」

実態調査の資料として渡《わた》された設立申請書《しんせいしょ》には書いていなかったはずだけど――。きょうは顧問のところに行きますという史郎の言葉に、記憶《きおく》を手繰《たぐ》りながら尋《たず》ねる。

「いえ、正式な顧問ではないんですが、監修《かんしゅう》というか、発掘計画を指導してもらったり、場合によっては同行してもらったりしている先生がいるんです。大学ですけど」

きょうの陽介は、いちおう詰襟《つめえり》の上着に袖《そで》を通している。ただし、何やら握力《あくりょく》を鍛《きた》える道具らしきものを片手でもてあそんでいるが。史郎はというと、白いシャツに、赤地にグレイのピンストライプのタイを締《し》め、プレーンな紺《こん》のジャケットとグレイのパンツ、足には黒のプレーントゥ。やはり先生とやらに会うので、史郎にしては落ち着いたスタイルにしたということなのだろうか。それとも、曜日によって変えているとか。ちなみに、サングラスはネイヴィブルー。

——やっぱり、考古学関係の教授とかなのかしら。でも、お宝発掘部を指導している人なんだから、ちょっと変わったタイプだって覚悟《かくご》しておいたほうがいいわよねえ。瓶底《びんぞこ》メガネの白《はく》髪《はつ》の老人とか、髭《ひげ》ぼうぼうのマッチョなタイプとか……。

何のことはない。要するに、史郎と陽介をパワーアップしたタイプということではないか。美春は自分の想像力に内心でため息をついた。

やがて、バスが来た。入学当初のオリエンテーションの時に乗ったくらいで、これまで利用する機会はほとんどなかった。高等部や中等部から少し離《はな》れた大学のキャンパスへ、バスはのんびりとした速さで走っていく。やや高台にある大学に向かって坂を昇《のぼ》るせいかもしれない。

——大学でも、クラブやサークルの実態調査を自治会がやってるのかしら。

車窓の外、しだいに姿を現わしてきた時計塔《とけいとう》などを見ながら、そんなことを思う。

「そろそろですよ」

史郎に促《うなが》されて、降りる準備をする。といっても、出口のほうに移動するだけで、ブザーを鳴らして合図する必要さえないのだが。

大学の正門前でバスは何人かの乗客を降ろし、何人かを乗せて、再び走り出した。

「――あれ、堀田くんは？」

降りた乗客のなかに、学生服の陽介の姿が見当たらない。

「陽さんは理工学部キャンパスへ行きます」

「理工学部？」

「冶金《やきん》科に頼《たの》んでおいた、新しいつるはしだかスコップだかを引き取りに行くって」

やっぱり穴を掘《ほ》ることが第一なんじゃないの――。先に立って歩き出した史郎の後に続きながら、美春は再び内心でため息をついた。


文学部の研究棟《とう》に入る。このあいだの中央図書館ほどではないけれど、屋内の空気は埃《ほこり》っぽい。階段を登り、廊下《ろうか》を進む。廊下には休憩《きゅうけい》用のソファや吸殻《すいがら》入れ、自《じ》動販売機《どうはんばいき》、そして、室内に置き切れなかったのだろうか、スチール製の本棚《ほんだな》がいくつも並び、狭《せま》く、雑然としている。

史郎が叩《たた》いたのは、その廊下の突《つ》き当たり、「考古学研究室」というプレートのかかった部屋の扉《とびら》だった。

――やっぱり……。

失礼します――。応《こた》えがあったのを確認《かくにん》し、それでもひとこと断わってから、史郎は部屋に入った。やはり、廊下に置かれていたのと同じようなスチール製の本棚が壁《かべ》を埋《う》め、室内を何重にも区切っている。いちおう、デスクらしいものもあるようだが、書類やら雑誌やらが山積みされていて、椅子《いす》の位置からおおよその見当がつく程度だ。

——別に発掘《はっくつ》の成果が置いてあるわけじゃないのね、銅鐸《どうたく》とか埴輪《はにわ》とか。

「教授、どちらです？」

本棚の谷間に史郎が声をかける。

「その呼び方はやめてください。先生が気分を害されます」

書類に半ば埋もれたパソコンの陰《かげ》から、男の人が顔を見せた。

——ずいぶん〝濃《こ》い〟顔の人ね……。

歳《とし》は三〇に届くかどうかというところだろう。顔立ちは整っている。いや、かなりのハンサムだ。それも、非現実的なほど。通った鼻筋。張った頬骨《ほおぼね》。薄《うす》い唇《くちびる》。あるいはヨーロッパのほうの血が混じっているのではないかと疑わせる彫《ほ》りの深い顔だ。ただ、長く分量の多い睫毛《まつげ》が、全体の調和をやや乱している。適度に前髪《まえがみ》の乱れたオールバック。若白髪《わかしらが》が混じっているのは、ひょっとして苦労が絶えないからだろうか。まるで、レディスコミックから抜《ぬ》け出てきたようなイメージだが、そういう人は（巨大《きょだい》総合病院の若き副院長という設定でもなければ）白衣なんか着ていないだろう。

——へえ、考古学の教授って、白衣を着るんだ……。

何にしても、土を掘るなんてことは似合いそうにない人だ。

「そのヘアスタイルがいけないのかもしれませんね、ヒライさん」

今度は女性の声だ。やはりパソコンに向かっていたのだろうか、「ヒライさん」と呼ばれた男性の脇《わき》に、これも白衣を着た眼鏡《めがね》の女性が笑顔で立っていた。

——考古学部の学生さんかしら？　でも、ヒライさん……？

見たところは二十歳《はたち》くらい。ぽっちゃり型の顔に、いかにも育ちの良さそうなおっとりした笑みを浮《う》かべている。よく見ると、眼鏡はレンズを囲むフレームが下半分しかないタイプだ。マンガなどではたまに見かけるが、実物を目にするのは初めてかもしれない。色白なので、若草色のブラウスがよく似合っている。おっとり、お上品系の外見の統一感を損《そこ》ねているのは、ヘアスタイルのようだ。かなり長さのあるゆるいウェーヴのかかった栗色《くりいろ》の髪《かみ》を、頭の右側にひとまとめにしてある。〝ポニーテールを横に付けた〟とでもいえばいいのか、首が右に傾《かたむ》くのではないかと心配になるようなヘアスタイルだ。

「おかしいですか、このヘアスタイル？」

「いいえ、ぜんぜん」

まさに考えていたとおりのことを当の本人から尋《たず》ねられ、美春は慌《あわ》てて首を横に振《ふ》った。

「どうして髪の毛を右側にまとめてあるかというと、わたくしが右利《みぎ》きだからです」

「——はあ？」

「右利きだと、メモをとったりする関係上、電話の受話器は左手で取らなければならないでし
「先生……」

ょう？　その時にじゃまにならないように、髪の毛は右側にまとめてありますから、受話器は障害もなく左耳に当てることができるというわけなんです。――合理的でしょう？」

「――はい……」

ならば、後ろでまとめてもいいのではないか？　やっぱり、トイレの時などに困るからだろうか――。思っただけで、口には出さなかった。

――やっぱり、お宝発掘部の関係者だわ……。

「ところで、あなたは？」

「こちら、出雲美春さん。発掘部の新入部員です」

〝新入部員〟じゃなくて、〝仮入部〟！　史郎の言葉を、心のなかで思い切り訂正《ていせい》する。

「出雲さん、こちらは発掘部の活動を指導、監修《かんしゅう》していただいている考古学部のモリ・ヤヨイ助教授。こちらが助手のヒライさん、通称《つうしょう》〝教授〟――」

学生かと思っていたほうが助教授で、教授と呼ばれているほうが助手……。混乱しないように、メモ帳に書いておく。ヒライさんはたぶん、〝平井《ひらい》〟という字を書くのだろう。モリ・ヤヨイは、〝森弥生《やよい》〟だろうか。後で調べておこう。でも、弥生なんて、考古学っぽい名前かも。〝縄文《じょうもん》〟って名前だったら、笑っちゃうな。

――まあ、気分を悪くするかもしれないわね、自分は助教授なのに、助手のニックネームが〝教授〟じゃ。あれ、でも、助教授って、森さん、いくつなのかしら？

大学生で充分《じゆうぶん》通じる外見だが、油断はできないようだ。

「きょうは、堀田くんはいっしょではないのですか？」

「堀田は、冶金《やきん》科にスコップを取りに行っています」

「でも、その後でここに寄るのでしょう？」

「たぶん、直帰するのではないかと――」

「あら、つまらないですね」

森助教授の声は、「ゲームはおしまい」とか「ケーキはお預け」とか言われた時の子どもの声に似ていた。

「それで、きょう、おじゃましましたのは、次の発掘《はっくつ》について、ご指導をいただきたいと思いまして――」

言いながら、ここに来る前にまとめておいたのだろう、史郎はクリップで留めたプリントアウトの束を差し出した。受け取った助教授は、眼鏡をかけ直すような仕草をしてから、一枚ずつていねいに目を通し始めた。

「――この発掘は、クラブの活動実態を出雲さんに把握《はあく》してもらうことが目的で、発見のほうには大きな比重がかかっていませんね」

「はい。あくまでも新入部員向けです」

――だから、仮入部だってば。

「きっと、堀田くんはがっかりするでしょうねえ。せっかく新しいスコップまで誂《あつら》えたというのに」

「いえ、土さえ掘《ほ》れれば、堀田は満足ですから」

──やっぱり……。

「発掘は、今度の土曜と日曜ですか」

──土曜と日曜って……。

「泊《とま》りがけなの、嵯峨くん？」

「そう。テント張って、一泊《いっぱく》──」

焚《た》き火を囲んで酒盛り。踊《おど》る陽介と史郎。あたりかまわず土を掘りまくる陽介。そして──。

「ヤダ！　あたし、ぜったいにイヤ！」

「出雲さん、何か変なことを想像しませんでしたか？」

森助教授が半月型のレンズの向こうからこちらを見ている。

「いえ、別に、そんな……」

「大丈夫《だいじょうぶ》ですよ。発掘にはわたくしたちも同行します。──ねえ、教授？」

助教授の視線をたどると、平井が、背中を刃物《はもの》で刺《さ》されたような顔をしていた。

──教授って、嵯峨くんたちが呼んでるだけじゃないのね……。

「ねえ、教授？」

「はい、準備をしておきます」

蚊《か》の鳴くような声で返事がある。

「これなら、OKでしょう、出雲さん？」

「は、はあ……」

何か、ズルズルと泥沼《どろぬま》にはまっていくような気がする。

「よかった。これで週末は、堀田くんたちとハイキングですね」

「出雲さん、これ、必要なものとか注意事項《じこう》とか、まとめておきましたから」

ニコニコ顔の助教授に呆《あき》れながら、史郎に手渡《てわた》されたプリントアウトの束を見る。

——靴《くつ》は、履《は》き慣れたものを。滑《すべ》らないようなしっかりしたものを選ぶ。帽子《ぼうし》は必ず被《かぶ》ること。雨具の用意を忘れずに……。これじゃ、小学生の遠足の準備じゃない！

森助教授の言うとおり、週末はハイキングなのだろうか。そして、自分はお宝発掘部の実態に迫《せま》ることができるのだろうか。

——でも、負けない。負けませんとも。出雲美春は努力と誠実の女よ！

思わず拳《こぶし》を固めたが、史郎がコーヒーを差し出すことはなかった。

# 2

よく晴れた土曜日——。美春の乗る列車は、約束の時刻までまだ一〇分の余裕《よゆう》を残して、集合場所として指定されていた駅に着いた。駅前からは、熊尾山のふもとにあるハイキングコースの入り口まで、約二〇分おきにバスが出ている。それらしい親子連れの姿もちらほら見える。

——でも、学園の敷地内なのよね……。

改札を抜《ぬ》けると、すでに陽介と史郎、森助教授と平井助手、つまりは美春を除く全員が顔を揃《そろ》えていた。

「す、すみません、遅《おそ》くなって」

「構いませんよ、まだ予定の一〇分前ですし。——ハイキングスタイルも似合ってますね」

史郎がさわやかに言ってくれる。例の「発掘のしおり」に従って、いちおう、ジーンズにコットンのシャツ、スイングトップを羽織り、ナップサックを背負ったアウトドアスタイルだ。

ただ、帽子と靴だけは適当なものがなかったので、買って揃えなければならなかった。靴擦《くつず》れなどを起こすと厭《いや》なので、ちょっと値段は張るけれどいい品物らしいウォーキングシューズ。

調査のためだけ、今月いっぱいしか使わないはずなのだが。代わりにというわけではないが、帽子は、ほんとうに直射日光を防ぐだけのものだ。

——生徒会からの援助《えんじょ》は……期待できないわね……。

それでも領収書はいちおう貰《もら》っておいた。

一方の史郎は、配色こそ最初に会った時と似ているが、ジャケットではなく薄手《うすで》のウィンドブレーカー。頭に登山帽《ぼう》を載《の》せ、足元はトレッキングシューズで固めている。小柄《こがら》であるにもかかわらず、意外なほどの大荷物だ。

「発掘だと思うと、早く目が覚めてしまうのですよね」

ニコニコ顔で言う森助教授は、ナップサックを背負って登山帽を被った、絵に描《えが》いたようなハイキングスタイルだ。現実にニッカボッカを穿《は》いている人間を、美春は初めて見た。髪《かみ》の毛は、頭の右側に編んで（アンモナイトの化石のように）渦巻《うずまき》状にまとめてある。

その横に控《ひか》える平井助手は、市役所の土木課職員といった感じの作業服の上下を身に着け、大きなリュックサックを背負っている。

「揃ったんなら、行くぞ」

ドスの利《き》いた声で宣言するや、歩き出す陽介。——学生服。背中には、平井助手よりも大きなリュックサック。そして、手にはつるはし。ダンベルはなし。

すぐに史郎たちが後に続く。もちろん、美春もいっしょだ。

傍目《はため》には自分たちはどう見えるのだろう——。チラッとそんな疑問が浮《う》かんだが、深く考えることはしなかった。

バスでハイキングコースの入り口まで行き、降りる。しかし一行は、山の中へ踏《ふ》み入ってはいかなかった。熊尾山の麓をぐるりと回っているらしい道を進む。

「ちょっと、陽さんが先頭じゃダメでしょ。不慣れな出雲さんもいるんだから」

「——そうか」

史郎がクレームをつけると、口をへの字に曲げて文句を言うかと思われた陽介は、ぴたりと足を止めて、一行が追いつくのを待った。

「発掘《はっくつ》だと思うと、どうしても足が速まってしまうのですよね」

フォローなのか何なのかよく判《わか》らないことを言いながら、森助教授が美春を抜いていく。

——不慣れって言ったって、歩くだけのことでしょうが。

知らず知らずのうちにむきになって歩いている。雨具や弁当などたいして物の詰《つ》まっていない自分の荷物と、人ひとりの体重くらいは優にありそうな陽介の荷物。慣れの差があるとはいっても、このハンディキャップで陽介に負けるのは癪《しゃく》だ。

「それでは堀田くん、わたくしといっしょに、のんびり行きましょう。それなら、出雲さんもついてこられるでしょう？」

それこそのんびりした声で宣言すると、助教授は陽介の腕《うで》をとり、誰《だれ》の返事も待たずに、そのまま歩き出した。信じがたいことだが、華奢《きゃしゃ》な印象の助教授に陽介が引きずられる形である。

おしゃべりも弾《はず》んでいる——というか、助教授が楽しそうに、しかし一方的にしゃべっているのを陽介が黙《だま》って（うなずくことさえせずに）聞いている。いつも無愛想というか、不機嫌《ふきげん》そうな陽介と、春の日だまりのような笑顔を浮かべている森助教授。どう考えてもお似合いとは言えない組合わせなのだが——。

——何なの、この一方通行の和気あいあいは……。

このあいだ、研究室を訪ねた時からなんとなく気配はあったのだが、ひょっとして森弥生助教授は陽介がお気に入りなのだろうか。いずれ、大学に進学した時には考古学研究室に来て、発掘の主力として活躍《かつやく》する頼《たの》もしい人材として注目していたりして。将来の考古学部を背負って立つのは堀田くんしかいませんよ。さあ、スコップを取って、いっしょに地面を掘《ほ》りましょう——。

——あたし、だいぶ染まってきたのかもしれない……。

反省メモを取り出すが、何と書いたらいいのか解《わか》らずに、むなしくポケットに戻《もど》す。それから、肩《かた》を並べて歩いている二人に近づこうと、歩調を速める。美春がついてこられるように、助教授が陽介のペースメーカーを買って出たはずなのに、けっこうな速さだ。むきになる必要はないのだが、いくら慣れていて身軽だといっても、森助教授とあまり差がついてしまうことになんとなく納得がいかなかった。

「あらあら、健脚《けんきゃく》ですね、出雲さん」

どうにか追いついた美春を見て、助教授が微笑《ほほえ》む。

——のんびり行くんじゃなかったの！

それでも、二人に歩調を合わせることにする。さすがに、森助教授ほどぴったりと陽介に寄《よ》り添《そ》うつもりはないが。

「シュリーマンが掘ったトロイの遺跡《いせき》って、実はほんとうにトロイの遺跡だって根拠《こんきょ》はないんですってね」

このあいだ、陽介に馬鹿《ばか》にされたのが悔《くや》しかったので、美春は本で読んだことを自分から話題にした。

「そう、『ホメロス』の内容をそのまま信じたため、違《ちが》う遺跡だと思って取り除《の》けてしまったもののなかに、ほんとうのトロイ遺跡のあった可能性が高いのですよ」

ニッコリ笑って応《こた》えたのは助教授だった。陽介はと見ると、美春の話を聞いているのだかどうだか、あいかわらずのへの字口のままである。

——少しは感心しなさいよ。

「やっぱり出雲さんは、シルクロードとか、そういう古代史方面に興味があるのですか？」

「ええと、まあ、その、つまり、いろいろと……」

予想外の人物から予想外のタイミングで予想外の質問。美春が最も苦手とする状況《じょうきょう》だ。

「穴、掘りたいんだよ」

ぼそっとした声。

「出雲は、穴、掘りたいんだよ」

陽介だった。

「そうなのですか？」

「そんなこと、ありません！」

頭に浮かんだ、陽介と肩を並べてスコップを揮《ふる》う自分のビジュアルを慌《あわ》てて追い払《はら》う。予想外の助け船も、美春は苦手だった。

「言ってただろ、発掘もおもしろそうだって」

「そりゃ、確かにそんなこと言ったかもしれないけど、穴が掘りたいなんてことは、ひとことも言ってないでしょ！」

別に穴の一つくらい掘ったところで、何の不都合があるはずもないのだが、すでにお宝発掘部のカラーにだいぶ染まっているのではないかという疑問（あるいは恐怖《きょうふ》）が湧《わ》いている。これ以上影響《えいきょう》を受けたのでは、とても実態調査どころではなくなるのではないか。

「掘ってみろ。おもしろいから」

「きょうは見学よ、見学」

言合いを続けるのが面倒《めんどう》になって、足を速める。

「出雲さーん、どっちに行けばいいのか、判ってますか？」

のんびりしたなかにもどこか心配そうな史郎の声に、美春は渋々《しぶしぶ》足を止め、陽介たちを待った。

着いた場所では、予想していたよりも大掛《おおが》かりな発掘《はっくつ》が行なわれていた。大学の考古学部なのか、ずいぶんな人数が作業を行なっている。

森助教授を先頭に、張ってあったロープをくぐる。

「ええと、これは、事前調査っていうのになるのかしら……」

史郎が選んでくれた入門書に書いてあったことを思い出しながら言う。

「そうです。このへんに大学のセミナーハウスが建つんですけれど、どうも、ある程度の規模の埋蔵《まいぞう》文化財がありそうだってことが判って、森先生のところにも連絡《れんらく》が来ていたんですが。

——勉強していますね」

平井〝教授〟が褒《ほ》めてくれる。いえ、それほどでもと謙遜《けんそん》しておく。結局、きょうまでに読めたのは、簡単な入門書が一冊とエッセイ集が一冊半だけなのだし。

それにしても——。図書館、博物館、クラブ棟《とう》、研究棟……。学園の施設はすでに数え切れないほどある。それなのに、すぐ近くにハイキングコースがあるようなところにわざわざ新しい施設を建てなくてもいいのではないだろうか——。考古学とはあまり関係のないことを考えながら、美春は改めて発掘の現場を見た。

いつの間にか、ナップサックを下ろした森助教授は、作業中の人の中心にいた。自分で作業をしながら遺跡の状態を観察することに加えて、何かの指導をしているようだ。やはり、作業をしているのは学部の学生なのだろうか。

――あら、そういえば堀田くんは……？

あんなにピッタリとくっつかれていたのに、助教授のそばに陽介の姿が見えない。

「陽さんのスコップさばきが見たければ、あっちです」

すっと近寄ってきた史郎が指差すほうを見ると、助教授を中心とした一団から少し離《はな》れた場所で、陽介がスコップを揮っていた。そんな無雑作な掘《ほ》り方をして、遺跡やら埋蔵物やらを傷つけたりしないのだろうかと心配になるような勢いだ。

「あれは〝荒掘《あらぼ》り〟といって、遺構確認面《かくにんめん》を露呈《ろてい》させる作業です。パワーシャベルやブルドーザーで行なったりすることもあるくらいですから、大丈夫《だいじょうぶ》ですよ」

まるで美春の考えていることを読み取ったような史郎の説明。そういえば、そんなことも入門書に書いてあったはずだ。思わずメモ帳を取り出してから、美春は舌打ちした。考古学や発掘に関する知識は、お宝発掘部の実態調査が終われば、まったく必要なくなるものなのに。

――でも、やる気のあるところを見せるためには、必要かもね。

史郎の説明をメモしておく。

――もしかしたら……。

陽介が森助教授に好かれているのは、未来の考古学部学生としてではないのかもしれない。ブルドーザーなどの大型作業機械を手配すれば、それなりのお金がかかるだろう。遺跡とか埋蔵物が出てくる段階になれば、考古学研究者としては興味深い作業になるのだろうけれど、荒掘りというのは、邪魔《じゃま》な土を退《ど》けるだけのことだ。疲《つか》れるだろうし、その作業自体はおもしろいわけがない。

——でも、掘ること自体がおもしろいわけよね、堀田くんの場合は……。

自主的に単純作業をこなして、発掘にかかる資金と労力の節約に役立つ男。頼《たの》もしいといえば頼もしいし、考えようによっては、実に貴重な人材かもしれない。そう、手放したくなくなるほどの。

内心でため息をつきながら見ていると、〝貴重な人材〟が顔を上げた。視線が合う。美春は反射的に横を向いた。

「あの、嵯峨くん、ここに埋《う》まっているのは、どんなものなの？」

人間ブルドーザーの仲間入りをさせられるのは遠慮《えんりょ》したいので、陽介が口を開く前に、史郎に質問する。——ちょっとわざとらしいかと思ったが。

「いちおう、縄文《じょうもん》時代の住居跡《あと》らしいんですけどね——」

そう言って、史郎は森助教授たちのほうへ歩き出す。美春も後に続く。

「——まあ、こんな感じです」

史郎は、予備調査のために掘られた穴の側面から何かをつまみ出した。手渡《てわた》されて、美春はしげしげと見詰《みつ》めた。石ではない。植木鉢《うえきばち》のかけらのようなもの。スニーカーの靴底《くつぞこ》か自転車のタイヤのような模様があるけれど――。

「土器の破片ですよ。これが、文様ってやつですね」

「へえ、縄文土器の文様って、縄目《なわめ》ばっかりじゃないんだ」

実物の土器なんて、博物館にでも行かなければ見ることのないものだと思っていた。それを、かけらとはいえ直接手にしてみると、軽い興奮を感じる。別に考古学や発掘に興味があったわけでもないのに。

埋まっていた場所の記録をカードに書き込み、史郎は破片をポリエチレンの袋《ふくろ》に入れた。

「まだ、他《ほか》にも土器とか埋まってるのかな?」

「やっと掘りたくなったか」

不意に後ろから声をかけられ、飛び上がってしまう。振《ふ》り向くと、いつの間に来たのか、スコップを持った陽介が立っていた。

――やっぱり、少しくらい掘ったほうがいいのかしら……。

「出雲さん、こちらに来ませんか? 土層の変化の見分け方の演習をやりますけれど」

「ハイ、行きます、行きます!」

反射的に返事をすると、美春は森助教授を囲む学生の群に加わった。

まだ新年度が始まって間もないからだろうか、学部の学生を対象にした森助教授の解説だったが、初心者にも判《わか》りやすいていねいなもので、美春にも充分《じゅうぶん》に理解できた。しかも、実際に土の様子などを見ながらの解説なので、実感を伴《ともな》って頭に入っていく。気がつくと、メモ帳のページもだいぶ埋まっていた。

「そろそろお昼にいたしましょうか」

助教授の言葉で、昼休みとなる。

さて、どこで弁当を広げようかとあたりを見回す。さすがに遺跡の上で食事をしようという人間はいないようで、発掘《はっくつ》現場から離《はな》れた平地にピクニックシートを広げている。あとは、ハイキングコース入り口近くの売店を利用するのか、四、五人で連れ立って歩いていくグループが二つ三つ。仮の身分とはいえ、お宝発掘部の一員なのだから、他の部員といっしょにいるのが自然なのだろうか。考えてみれば、陽介と史郎を除くと、ここにいるのは大学の関係者ばかりのようだし、一人だけで食事をするのも味気ない。

——これもまあ、堀田くんたちの信用を勝ち取るためよね。

うんうんと自分で自分にうなずく。午後からはおまえも掘《ほ》れとか言われたらどうしようと思わないでもなかったが、とりあえず陽介たちを探す。——いた。半ば予想どおりと言うべきか、陽介が荒掘りをしていた場所から少し離れたところにピクニックシートが敷《し》かれ、その上に陽介と史郎、そして森助教授と平井助手……。

こちらに気付いたのか、史郎が手を振る。拒否《きょひ》するのも変だろう。美春は素直に陽介たちのほうへ行った。

「お弁当は、みんなで食べたほうがおいしいのですよね」

あいかわらずにこやかな森助教授。陽介ほどではないにしろ、発掘には体力勝負のところがあるということだろうか、黒塗《ぬ》りの重箱に詰まった、けっこうしっかりした弁当だ。平井助手などは、外見のイメージとは釣《つ》り合わない、大きな握《にぎ》り飯《めし》にかぶりついている。

「よかったら、つまんでください。コーヒーもありますよ」

史郎が差し出した大きなタッパーウェアの中には、多人数で手を出すことを考えたのか、爪楊枝《つまようじ》の刺《さ》さったひと口サイズのおかずが、きれいに並べられていた。

——うーん、あたしのお弁当って、いちばん芸がないかも……。

鶏《とり》そぼろと炒《い》り卵《たまご》、炒《いた》めたドジョウインゲンの三色弁当。何故《なぜ》か美春は、幼稚園《ようちえん》の頃《ころ》からこの組合わせが好きで、親に詰《つ》めてもらうだけではなく、小学校高学年になる頃には自分で作っていた。もっとも、その頃には弁当を詰めるような機会はぐっと減っていたのだけれど。

視線を横にずらす。陽介の膝《ひざ》の上には、史郎が手にしているのと同じようなタッパーウェアが載《の》っている。内容も、サイズこそ大きいけれど同じおかずが詰め込まれている。

——ひょっとして、堀田くんのお弁当って、嵯峨くんが詰めたわけ？

美春の視線を感じたのか、陽介は弁当を抱《かか》えるようにしてくるりと後ろを向いた。

「嵯峨くん、玉子焼きを一つ、いただきますよ。——おいしい」

「よかった。陽さんは何を食べても、『おいしい』とも『まずい』とも言ってくれないから、弁当の作り甲斐《がい》がないんですよね」

「きっと照《て》れ臭《くさ》いだけですよ」

アハハハハ……。ウフフフフ……。笑い合う史郎と森助教授。

——何なのよ、この居心地の悪い微笑《ほほえ》ましさは！

平井助手はというと、あさっての方向を見ながら握り飯を頬張《ほおば》り続けているし、当の陽介は背中を向けたまま箸《はし》を使っている。美春には、学生服の広い背中に「我不関知」と大きく書いてあるように思えた。


「どうですか、出雲さん、実際に発掘現場に立ち会ってみた感想は？」

コーヒーを飲みながらの食後の談笑。話題に加わるには基礎《きそ》知識が不足している美春に、史郎が話しかけてくる。

「うん、おもしろかった。これからは地面を見る目が変わりそう」

森助教授の解説を書き留めたメモのページを見せながら答える。

「それはよかったですね。ところで、午後からはどうしますか」

やっぱり穴を掘るのだろうか。

「陽さんと僕は熊尾山のお寺を見せてもらうんですけれど、もしも発掘のほうがおもしろいんだったら、出雲さんはこっちに残っても——」

「行きます」

即座《そくざ》に返答する。ひょっとしたら、じゃまになる美春をこの場に残して、陽介と史郎だけで何かをするのではないだろうか。例えば有料の《もの探し》とか。

——ちょっとでも疑いがあるなら、放っておけないわ。

心のなかでグッと拳《こぶし》を握り締《し》める。

「解《わか》りました。じゃあ、森先生にもご同行をお願いしなきゃ」

史郎は立ち上がり、平井助手や学生と談笑している森助教授のほうに歩いていく。

「でも、森先生って考古学者だから、お寺みたいに最近のものは専門じゃないんじゃないかしら？」

〝最近〟は言い過ぎとしても、仏教伝来後の建築物なら、考古学というよりは歴史学の領分ではないだろうか。

「考古学も、中近世くらいまでは扱《あつか》う。助教授の専門は縄文だけどな」

ぼそっとした声で説明がある。

見ると、むすっとした顔で陽介がコーヒーを飲んでいた。

弥生《やよい》時代じゃなかったのね――。反射的にそんなことを考えてしまう自分が悲しい。

「ただ、大学の助教授って言えば、話が通りやすいんだよ」

「つまり、森先生の肩書《かたが》きを利用してるってこと？」

「考えるのは、史郎の仕事だ」

――なるほどね……。

すみませんが、僕たちの宝探しにお力を貸していただけませんか。ご協力いただければ、代わりに堀田が発掘《はっくつ》現場で穴を掘りますから――。史郎がそんな条件交渉《こうしょう》をしたのだろう。念のため、調査メモにつけておく。

「やっぱり考古学部に来なさいとか言われてるの？」

「穴さえ掘ってくれれば、あとは何もしなくていいって言ってる」

――あの顔で、意外に身も蓋《ふた》もないことを言うわね、森助教授。

「それに、女の子を一人だけ、俺たちといっしょに泊《と》まらせるわけにいかないだろうが」

ぼそぼそとした早口で言う陽介。

――ああ、忘れてた！

土・日と一泊《いっぱく》しての発掘だったのだ。別に陽介や史郎を疑うわけではないが、逆にそれほど深く信頼《しんらい》するところまではいっていない。社会人がいっしょなら、間違《まちが》いも起こらないだろうと思うが、その社会人である森助教授がまた、摑《つか》みどころのない人ではある。

「それでは、腹ごなしも兼《か》ねて、そろそろ参りましょうか」

当の森助教授がこちらに来た。慌《あわ》てて立ち上がる。しかし、美春が何をする間もなく、陽介と史郎が手際《てぎわ》よくシートの上を片付け、シート自体も畳《たた》んでリュックサックの中にしまった。

「では、平井教授、あとはよろしくお願いしますね」

「先生……」

若白髪《わかしらが》が増えそうな声を出す平井〝教授〟にあとを任せると、助教授は来た時と同じように陽介の腕《うで》を摑んで歩き出した。

「僕たちも行きましょうか」

わざわざ助教授たちと肩《かた》を並べるのは癪《しゃく》だったので、史郎といっしょに歩くことにする。来た時の道を逆にたどり、途中《とちゅう》からは山道に入る。土や草の匂《にお》いがする。日ごろは公園とか限られた場所で春先や初夏にしか意識しないような匂いだ。頂上のほうか、それとも空を飛んでいるのか、鳥のさえずりも聞こえてくる。ひばり、だろうか。雀《すずめ》でないのは確かだけれど。

——ほんとにハイキングになっちゃった。

「大丈夫《だいじょうぶ》ですか。疲《つか》れていませんか」

史郎が声をかけてくれる。

「平気よ、これくらいの山道」

「靴《くつ》が新しいみたいだったんで、ちょっと心配したんですけれど」

「気付いてたんだ、嵯峨くん」

靴屋《くつや》の店員のお薦《すす》めの品だけあって、履《は》き心地はいいし、靴擦《くつず》れなども起こしていない。疲れ方まで少ないような気さえする。天気が良くて、ずっと歩いてきたせいか、ちょっと体が汗《あせ》ばんでいるが、それ以外は実に快適。風が気持ちいい。

「去年は茶道部だったけど、アウトドアも悪くないわね」

「アウトドアばかりとは限りませんよ。これから行くところはお寺ですから、インドアです」

「そう、それなのよ、嵯峨くん」

薄《うす》い色のサングラスをかけた整った顔。陽介が〝実行犯〟なら、史郎は〝首謀者《しゅぼうしゃ》〟だろうか。

――ダメダメ、先入観で人を判断しちゃダメ。

「アウトドア同好会じゃない理由はなんとなく解るんだけど――」

ちょっと視線を前にやると、陽介と森助教授の背中がさっきより遠くなっているような気がする。思わず、やや歩調を速めている。

「はい、穴が掘《ほ》れないと、陽さんが怒《おこ》りますからね」

「どうして《トンネル同好会》や《穴掘《あなほ》りクラブ》じゃダメなの？　それは冗談《じょうだん》としても、考古学に興味があるわけじゃないのよね」

「僕が厭《いや》なんですよ。――メモをとらなくていいんですか？」

不意に突《つ》っ込みを入れられて、慌ててしまう。むきになって否定するのも変かと思い、堂々とメモ帳を出して開くことにする。

「地面を掘るのも、海中を探るのも、古い建物の床下《ゆかした》に潜《もぐ》るのも、そこにお宝がないと厭なんです、僕は」

お宝がないと厭――。メモ帳のページに書き付けて、念のためにアンダーラインを引いておく。ちょっと奇妙《きみよう》な気がした。ここ数日という短い間に得た印象にすぎないけれど、嵯峨史郎というのは頭の回転が速く、いろいろな知識も豊富で、時には屁理屈《へりくつ》すれすれの理論を組み立てて他人《ひと》を煙《けむ》にまく、そういうタイプの人間だと思っていた。〝お宝〟などという、あえて言うなら子どもっぽいものにこだわるタイプではないと思っていたのだけれど。

「嵯峨くんの言う〝お宝〟って、〝財宝〟って意味じゃないわよね?」

「別に財宝でもいいんですけどね」

財宝でもかまわない――。ここにもアンダーラインを引いておく。

「ひょっとして、〝私の宝もの〟とか言う時の、大切なものって意味の宝?」

「違《ちが》います。経済的な価値とか芸術的な価値とかは関係ないという意味では、そういう宝ものに通じるものもありますけれどね。だいたい、そういう宝ものは、地面の下に埋《う》まっているわけではないでしょう?」

言われてみれば、そのとおり。メモに書かれた「大切なもの?」という文字が二重線で消される。

「まさか、嵯峨くんのこだわりと、堀田くんの趣味《しゅみ》の折衷案《せっちゅうあん》とか？」

メモ帳から目を上げる。陽介と森助教授の背中が、さっき見た時よりもさらに遠くにあるような気がする。

――どういう歩き方をしてるのよ、あの二人！

また少し足を速める。考えてみると、額に汗の一つも浮《う》かべずに陽介たちに歩調を合わせている史郎というのも、かなりな脚力《きゃくりょく》の持ち主のはずだが。

――謎《なぞ》は深まるばかりね。

穴を掘ることにこだわる陽介。お宝にこだわる史郎。それも、古文書の類《たぐい》を読んだり、大学の助教授と交渉《こうしょう》したり、単なる趣味の域を越《こ》えたこだわりのように思える。何故《なぜ》、そんなことに、そこまでこだわるのだろう。そして、どうしてこの二人はクラブまで作っていっしょに行動しているのだろう。性格も趣味も、特に一致《いっち》しているようには見えないのに――。

――いけない、いけない、あたしの目的は、あくまでもクラブの実態調査なんだから。

書き並べた疑問点を、調査に関係ないと思えるものから消していく。残ったのは、ただ一行、どうして二人はクラブを作ったのかという疑問点だけだった。

ハイキングコースからちょっと外れたような場所に、目的の寺はあった。寺といっても、文化財や観光名所というわけではない、同じ敷地《しきち》内に住居が隣接《りんせつ》しているような寺だ。例えば、幼稚園《ようちえん》の類を経営していてもおかしくない感じの。

──土地の権利関係とか、どうなってるのかしら？

玄関口《げんかんぐち》に回った史郎と森助教授が、住職らしい人に挨拶《あいさつ》している。門柱の脇《わき》に、陽介が手持ち無沙汰《ぶさた》な様子で突っ立っているのが目に入る。

──お寺じゃ、穴を掘る必要はないわよね。

話が終わったのか、二人が一礼して玄関を離《はな》れると、陽介は庭のほうに回った。

「どこ行くのよ、堀田くん」

「草むしり」

「は？」

寺の庭は、それこそ幼稚園児を整列させて点呼がとれそうな広さだ。草むしりをするにしても、かなりやり甲斐《がい》がありそうだが──。

「草むしりだ。知らないのか、雑草を抜《ぬ》くんだよ」

「草むしりが何なのかくらい知ってます！　どうして草むしりをやるのかが解《わか》らないのよ！」

「葉っぱの先っぽじゃなくて、根元近くを摑《つか》んでだな、腰《こし》に力を入れて、土の中に根っこが残らないように引き抜く──」

「そういう〝どうして〟じゃない！」

「出雲さーん、本堂に来てください」

「おい、草むしり――」

実演中の陽介を庭に残し、美春は建物のほうへ歩いていった。

きれいに手入れされてはいるが、寺の建物はけっこう古いもののようだった。

本堂では、寺の建物の構造から仏像の見方までを、史郎が簡潔に、しかもていねいに説明してくれた。前もって渡《わた》されていた「発掘《はっくつ》のしおり」の巻末に、簡単な図が描《か》いてあったので、それを実物と対応させるようにして説明していく。ちょうど、発掘現場で森助教授がしてくれた土層の見分け方の講義と同じような感じだ。漠然《ばくぜん》と〝そういうもの〟だと思っていた仏像の構成やポーズに、それぞれ特別の意味があるというのは一種の感動さえ呼ぶ。メモ帳ではなく、仏像や寺の図の余白に説明を書き込んだのだが、すぐに白い部分はなくなってしまった。

「――まあ、そんなところでひと通りの解説はしたつもりなんですが、質問とかありましたら、どうぞ遠慮《えんりょ》なく」

「ううん、すごくよく解った。嵯峨くん、観光ガイドとか博物館の学芸員とかに向いてるんじゃない――」

そこまで言ったところで、思い出す。自分は別に仏像や建築の勉強をしにここに来たわけではない。

「はい、質問。お宝発掘部としては、どうしてこのお寺に来たの？　堀田くんは庭で草むしりをしてるし――」

そういえば森助教授は――と視線をさまよわせると、庭に面した廊下《ろうか》に行儀《ぎょうぎ》よく座っていた。草むしりをする陽介を見ているのだろうか。こちらに背中を向けているので見えないが、例のほんわかした笑顔が想像される。

「――まあ、森先生はいいんだけど」

「このあいだの文献《ぶんけん》資料から推察した内容が正しいかどうかの確認《かくにん》です。制作年代の特定と、構造の分析《ぶんせき》。それは仏像や仏具に限らず、このお寺自体についても行なっていますが」

白いソックスの足で、史郎は板張りの床《ゆか》をとんとんと蹴《け》った。とんとんと返事がある。

「――堀田くん？　ひょっとして床下《ゆかした》を掘《ほ》ってるの？」

「まさか。確認というか、事前調査だけですよ。ただ、いままで調べた感触《かんしょく》で言うと、このお寺ではないようですね」

「お宝？」

「江戸中期の随筆集《ずいひつしゅう》というか、雑文集のような本に書いてあったんです。山で仕事をしている人間が見つけた奇妙《きみょう》なものを、祟《たた》りがあるかもしれないというのでお払《はら》いしてもらおうとお寺に持ち込み、結局のところずっと保管してもらうことになったらしいんですけどね。はっきりとした名前や場所が書かれてなくて、地理的な条件などから絞《しぼ》るしかなかったんです。まあ五分五分くらいに考えていたんですが」

「何なの、山のなかで見つけた奇妙なものって？」

江戸時代だったら、何か妖怪《ようかい》とかそういう類に関係があると思えるようなものだろうか。

「こういう話にロマンを感じます、出雲さんは？」

「あたしは、現実に生きる堅実《けんじつ》な女なの」

「韻《いん》を踏《ふ》んでますね、〝現実〟と〝堅実〟で」

「わ、わざとじゃないわよ」

史郎は口許《くちもと》を押さえると、後ろを向いた。

「あ、あたし、草むしってくる」

板の間を出て、森助教授の脇を通り、庭に降りる。陽介はよほど草むしりに慣れているのか、美春が史郎の説明を聞いている間に、雑草の類《たぐい》はきれいに片付けられていた。

「すみません、ほうきと塵取《ちりとり》を貸してください」

本堂に何やら運んできた住職に声をかける。

「だから、いっしょにむしればよかったんだ」

縁《えん》の下から現われた陽介が、への字口のままつぶやいた。

結局、寺や仏像についての説明を聞いていたのと同じくらいの時間を庭の掃除《そうじ》に費《つい》やすことになってしまった。その間、陽介は庭木の手入れまで済ませ、史郎は文献《ぶんけん》などについて住職から話を聞き、森助教授はニコニコ笑いながら縁側《えんがわ》に座っていた。

――ふう、汗《あせ》かいちゃった。

ひと通り片付いたところで、額の汗を拭《ぬぐ》う。いい陽気のこの時季、軽いハイキングで多少汗ばむことくらいは予想していたけれど、まさか山寺の庭の掃除に汗を流すことになるとは思わなかった。

「陽さん、そろそろ食事の支度を始めよう」

史郎が声をかけると、抜《ぬ》いた雑草などをひとまとめにしていた陽介が、のっそりという感じで立ち上がった。

もう、そんな時間か。見ると、西の空が赤く染まっている。ちょっと山のなかに入っただけだけれど、〝自然のなか〟で見る夕日も悪くない。

「嵯峨くん、あたしも手伝うわ。何したらいいの？」

「仕度《したく》は僕たちに任せておいてください。晩ご飯は、出雲さんの歓迎会《かんげいかい》って意味合いもありますからね」

――まだ、仮入部なんだってば！

とは言うものの、夕食に期待する気持ちが湧《わ》いてしまったのは事実。豆がいいのか、淹《い》れ方に秘密があるのか、あれだけおいしいコーヒーを淹れる史郎のことだ。どんなごちそうが出てくるだろう。反省メモに、「食べ物の誘惑《ゆうわく》に屈《くっ》しないこと!!」と書き込み、赤ペンで二重のアンダーラインまで引いたというのに。

「出雲さん、夕食の仕度ができるまでに、汗を流してきませんか？　お風呂《ふろ》が借りられるそうですから」

唐突《とうとつ》な森助教授の申し出に、腰《こし》が退《ひ》けてしまう。

「それがいいですよ。どうせなら、さっぱりしてからのほうが、晩ご飯もおいしいはずです」

「は……はあ」


火の支度をする陽介の側《そば》で、史郎は切った野菜や肉を串《くし》に刺《さ》していた。

「今夜、二人が眠《ねむ》った後で決行するよ」

「場所、判《わか》ったのか」

「うん、ある程度までは絞れた。さっき住職さんと話している時に、それとなく聞き出しておいたから」

「まあ、考えるのは史郎の仕事だからな――」

「ちょっと、陽さん、食べ物に触《さわ》らなくても、手は洗ってよ。土いじった後でしょ」

「そうか」

「それに、エプロンしなきゃ。学生服を汚《よご》しちゃまずいでしょ」

「――俺、史郎ほどエプロン似合わないから……」

寺の風呂は、二人でも狭《せま》い思いをせずに済むくらいに広かった。給湯設備などは新しいものなのに、風呂桶《ふろおけ》や内装には香《かお》りのいい木材が使われていて、美春にはちょっと新鮮《しんせん》だった。湯の中で手足を伸《の》ばすと、思い切って風呂を使わせてもらって正解だったと思う。

洗い場では、森助教授が鼻歌まじりに体を洗っている。二十歳《はたち》くらいにしか見えない助教授だが、調べてみたところによると、実際にはその肩書《かたが》きにふさわしい年齢《ねんれい》なのだ。ちょっと指で突《つ》っついてみたくなる柔《やわ》らかそうな身体《からだ》付きも、もう少しで崩《くず》れるぎりぎりのところで踏み留《とど》まっているというのが実情かもしれない。

——発掘《はっくつ》作業がプロポーションの維持《いじ》に役立っているとか？　まさかね。

ちょっと意地の悪い自分の見方を反省する。いや、中央図書館の主、あのナツキという女の子がいたら、何と言っただろう。けっこう辛辣《しんらつ》な言葉が出てきたのではないだろうか。

「すみません、入ります」

助教授の言葉で、湯船の片側に寄る。長い髪《かみ》を濡《ぬ》らさないようにピンクのタオルでひとまとめにした格好で、助教授は体を湯に沈《しず》めた。

——あ、浮《う》いた……。

湯の浮力《ふりょく》で、助教授の豊かな胸のふくらみが少しだけ位置と形を変える。比重も関係するのか、大きければ浮くというものでもないのだが、美春には少しだけ羨《うらや》ましかった。

「どうかしましたか、出雲さん?」

「いえ、何でもありません」

視線を感じたのか、問い掛《か》けてきた助教授に、美春は慌《あわ》てて手を振《ふ》り、ごまかした。

「いいお湯ですねえ」

のんびりとした声。顔も、眼鏡《めがね》を外しているせいか、普段《ふだん》にもましておっとりした表情だ。

——それにしても……。

初めて訪れた家(寺だが)の風呂で、同性とはいえあまり親しくない人間といっしょの入浴。森助教授は何とも思わないのだろうか。

——あたしが意識しすぎてるのかしら。

「どうです、出雲さん。お宝発掘部に入る気になりましたか?」

「え、ええと、まだ迷ってるところなんですけど」

——ああ、また嘘《うそ》を……。

迷うはずがない。入部はあくまで偽装《ぎそう》である。ただし、心のなかで剣持薫に謝るのはやめておく。いくら心のなかだけのこととはいえ、裸《はだか》ではちょっと恥《は》ずかしい。

「あの、森先生は、どう思ってるんですか、クラブのこと。それから、堀田くんや嵯峨くんって、どんな人なんです?」

半日いっしょにいたのに、この質問はまずいかとも思ったが、いい機会かもしれない。なにしろ、浴室には自分と森助教授の二人しかいないのだから。

「あの二人は、お馬鹿《ばか》さんなんです」

おっとりとした口調で、美春が予想もしなかった答えが返ってくる。

「お馬鹿さん、ですか？」

陽介にしても史郎にしても、変人だとは思っていたが（その意味では森助教授も同類だ）、頭が悪いと思ったことはない。

「あの二人はね、土の下からロマンを掘《ほ》り出そうとしているのですよ」

ひょっとして、史郎が言っていた〝お宝〟のことが解《わか》るかもしれない——。美春は湯の中で身を乗り出した。思わずメモ帳を取り出そうとしてしまったのには自分でも呆《あき》れたが。

「わたくしたちの学問は、土に埋《う》もれた手掛《てが》かりから、当時の人の有り様、暮しぶりやそういったことを解明します。住居の跡《あと》や、道具の類《たぐい》、人や動物の骨、ときにはそれらが埋もれていた土そのものから、いろいろなことを読み取っていく。それがおもしろいし、あえて言うなら、ロマンを感じる部分だと思うのですよ」

助教授の言うことは解るような気がする。史郎に薦《すす》められて読んだ本のなかにも、同じようなことが書いてあったし、興味をひくようなエピソードもいくつか書かれていた。

「でもあの二人は、ロマンというものが、どこかにしっかりとした形をとったものとして存在するのだと思い込んでいるのですね。徳川の埋蔵金《まいぞうきん》とか、武田の軍資金といった形で」

「ちょっと待ってください。ロマンって、堀田くんや嵯峨くんは、何かを探すこと自体が楽しいんだって――」

「ならば、発掘の対象は〝お宝〟でなくてもいいはずでしょう？」

言葉に詰《つ》まる。そこにお宝がないと厭《いや》なんです、僕は――。史郎は確かにそう言っていたが。

――やっぱり、〝お馬鹿さん〟なのかしら……。

「あら、泥《どろ》んこがついてますよ」

不意に顔を近付けた助教授が、タオルで美春の目許《めもと》をこする。顔は洗ったはずなのに。

「なら先生は、どうしてそのお馬鹿さんたちのクラブの面倒《めんどう》を見ているんですか？」

ちょっとした反発を込めて、尋《たず》ねる美春。

「もちろん、お馬鹿さんだからですよ。現代では絶滅《ぜつめつ》寸前のお馬鹿さんたちを間近で観察できるなんて、楽しいじゃありませんか」

上気した頬《ほお》に笑みを浮かべ、こともなげに言う助教授。

「別に、あの二人が嫌《きら》いってわけじゃないんですね？」

「二人とも大好きですよ、わたくしは。出雲さんは違《ちが》いますか？」

まさか、生徒会のクラブ実態調査だとは言えない。美春はうつむいてしまう。

「そろそろ、晩ご飯の仕《し》度《たく》ができた頃《ころ》かもしれませんね」

お先にと言い置いて、森助教授は浴室を出た。

庭に出てみると、あたりはすっかり暗くなっていた。それでも、料理をしている陽介と史郎を中心に、人が集まり、明るくなっている。発掘部だけではなく、寺の住職やその家族も庭に出てきて、けっこう大所帯になってしまったようだ。

史郎が用意したメインディッシュは、バーベキューだった。

「たいして手間のかかってない料理ですけど、見栄《みば》えがよくて、アウトドアっぽいでしょ？」

「うん、とっても美味《おい》しそう」

言い訳めいたことを史郎は言ったが、美春は満足だった。というより、匂《にお》いと音の説得力に屈《くっ》した。

バーベキューの他《ほか》に、サイドディッシュもいくつか。炒《いた》め物《もの》、揚《あ》げ物《もの》、煮物《にもの》、そしてポテトサラダのような物まで、基本的には中華鍋《ちゅうかなべ》ひとつだけで、史郎は手際《てぎわ》よく作っていく。

――そうか、バーベキューの道具や中華鍋、それに大人数分の食材なんかを持ってきたから、あんなに大荷物だったわけね……。

いちおう、観察らしきことをしてはみるものの、視線はどうしても並んだ串《くし》のほうへ行ってしまう。

「――食ってみろ」

目の前にいきなり串が突《つ》き出される。玉ネギ、イカ、エビ、この赤いのはパプリカか、シーフード中心の串がいい匂いをさせている。

——嵯峨くんは手間がかかってないなんて言ったけど、材料は豪華《ごうか》じゃない。

「食えば、判《わか》る」

学生服の上から似合わないピンクのエプロン（史郎とおそろい……）をした陽介が、への字口で言う。今回ばかりは、美春も素直に従った。

「熱いから、気をつけてくださいね」

あまり大口にならないように気をつけながら、かぶりつく。火加減がいいのか、エビにぷりぷりした気持ちのいい歯応《はごた》えがある。そして、軽い塩がエビ本来の味を引き立てて——。

——あたしは、グルメ番組のレポーターか！

「出雲さんはほんとうに嬉《うれ》しそうな顔をしてご飯を食べますねえ」

のんびりとした森助教授の声に、頬が赤らむ。しかし実際のところ、メインもサイドも、美春が期待した以上の味だ。単純な火力と中華鍋、そしてふつうの食材と調味料しか使っていないように見えるのに。

「作った人間としては嬉しいですよ。どんどん食べてください。ソースもありますから」

——でも、お寺の庭でバーベキューなんて、ちょっと変かも。

精進《しょうじん》料理より肉や魚のほうが自分の口に合うだろうとは思うけれど。

住職はさばけた人らしく、むっつり顔の陽介や、ちょっと怪《あや》しい史郎とも笑いながら会話している。もちろん、森助教授とも。

「これで、ビールでもあれば、言うことないのですけれどねえ」

「あたしに同意を求めないでください、森先生！」

「あ、持ってきましょう」

助教授の言葉に、住職の子どもがビールを取りに家に入る。

「すみません、催促《さいそく》したみたいで」

——したじゃない、催促、あからさまに……。

どうやら、ああいうタイプの女性に弱い男というのは一定割合で存在するらしい。心のなかのメモ帳にしっかりとつけておく。

ビールの缶《かん》が開けられ、バーベキューのまわりは、夕食というよりも宴会《えんかい》の雰囲気《ふんいき》だ。

——あの助教授じゃ、未成年の飲酒を止めるとは思えないわね。

念のために目を光らせておくが、バーベキューの火を見ている陽介も、中華鍋を振《ふ》っている史郎も、アルコールには手を出していない。

——平井さん、晩ご飯はちゃんと食べてるのかしら？

ふもとに置いてきた〝教授〟のことをチラッと考えてしまう。

けっこうな数の料理がふるまわれたというのに、史郎はまた中華鍋の用意をしている。

「手伝おうか？　何？　デザート？」

さっきから作るばかりで食べている様子のない史郎に、美春が話しかける。

「いえ、締《し》めの炒飯《チャーハン》です」

見ると、ネギや卵、タッパーウェアに入った冷やご飯などが用意されている。

「バーベキューに炒飯って、おかしくない？　同じご飯ものでも、パエリアとかじゃないの、アウトドアだと」

前に雑誌のグラビアで見たアウトドア料理の写真を思い出しながら美春は訊《き》いた。

「炒飯がないと、陽さんが怒《おこ》るんですよ」

「堀田くんって、炒飯が好物なの？」

「好物以上ですね」

どうも陽介というのは、変なところで子どもっぽいようだ。

内心でため息をついている美春にはお構いなく、史郎は滞《とどこお》りなく調理を続ける。腕《うで》は特に太くもないのに、鍋《なべ》と玉杓子《たまじゃくし》、そして鍋いっぱいの食材を、史郎は軽々と、そして素早く操《あやつ》っている。前につるはしを手にした時にも感じたのだが、史郎のしなやかな腕は、意外に逞《たくま》しい。

——鍋を振って鍛《きた》えられたのかしら、嵯峨くんの腕って？

しかし、具が卵とネギだけ——。

「ねえ、もっと他に何か入らないの？　チャーシューとか、グリーンピースとか」

「他の具材を入れると、陽さんが怒るんですよ。味がゴチャゴチャするって」

「好き嫌《きら》いはないって言ってなかったっけ？」

「好き嫌いと、味の好みとは別物です」

——やけにかばうじゃない、堀田くんのこと。

「はい、炒飯おまちどう」

手際《てぎわ》よくというより、むしろ呆気《あっけ》ないくらいの短時間で炒飯は出来上がった。中華鍋《ちゅうかなべ》ごと、人の輪の中心に運ばれる。料理上手の史郎が、炒飯マニア（？）の陽介のために作った炒飯。具材がシンプルなのも、かえって興味を引く。とりあえず、ひと口——。

玉杓子で中華鍋から直接よそい、自分の取り皿に炒飯の山を作っている陽介。箸《はし》やらスプーンやらが伸《の》ばされ、美春がなんとか鍋のところまでたどり着いた時には、炒飯は米の一粒《ひとつぶ》さえ残っていなかった。

「どうした、炒飯食いたかったのか？」

皿の上を空っぽにしてから、陽介が訊く。

「——別に」

まさか、「そうだ」とは答えられないではないか。住職たちは、おいしそうに炒飯を口に運んでいる。森助教授など、目を細めたとろけそうな顔だ。

「まあまあ、出雲さん、発掘部《う ち》に入れば、炒飯を食べる機会なんて、いくらもありますから」

慰《なぐさ》め顔の史郎に言われて、美春はどっと疲労感《ひろうかん》が押し寄せるのを感じた。

——眠《ねむ》れない……。

美春は布団《ふとん》の中で、今夜何十回目かの寝返《ねがえ》りをうった。

食事をしながら、いろいろな話をした。森助教授が発掘《はっくつ》作業中の興味深いエピソードを披露《ひろう》する。中央図書館の文献《ぶんけん》から仕入れたと思《おぼ》しき奇談《きだん》を史郎が話す。親戚《しんせき》の法事の時でもなければ坊《ぼう》さんの話を聞く機会などはあまりないのだが、住職は話好きらしく、いろいろとおもしろい話をしてくれた。仏教関係のことに限らず、この一帯に伝わる民間伝承のようなことから、檀家《だんか》の人間にまつわるエピソードまで、内容は実に幅広《はばひろ》いものだった。地域に根差して、しかも代々受け継《つ》がれていく寺の住職という職業ならではのことではないかと、深くうなずく美春だった。——陽介だけが無口だったか。

食事が終わっても、コーヒーなどを飲みながら、話は続いた。

『じゃあ、僕と陽さんは表にテントを張って寝《ね》ます。出雲さんは森先生と、本堂に床《とこ》をとってもらいますから、そっちで寝《やす》んでください』

明日はまた朝から遺跡《いせき》の発掘調査に立ち会う。いつもよりだいぶ早い時間に、美春は布団に入った。

体も動かしたし、(炒飯は別にしても)満腹したし、基本的に朝まで熟睡《じゅくすい》タイプのはずなのに、なかなか寝付かれない。慣れない環境《かんきょう》のためだろうか。それとも、コーヒーの飲み過ぎだろうか。

隣《となり》の布団を見る。そこだけ漂《ただよ》っている空気が違《ちが》うようなほんわかした雰囲気《ふんいき》で、森助教授が寝息を立てている。もともと寝付がいいのか、あるいはビールの効果かもしれない。

——羨《うらや》ましい……。

スタンドの明かりを点《つ》け、枕許《まくらもと》の荷物からメモ帳を取り出して、ページをめくる。きょう一日、お宝発掘部の実際の活動につき合って、何が判《わか》ったかというと、ほとんど何も判らなかった。確かにメモのページは、新しい記述でずいぶんと埋《う》まっている。しかし、そのほとんどは、美春本来の目的とは無関係の、どうでもいいような細かい記述ばかりだ。お宝発掘部——。怪《あや》しい気配は漂ってくるのに、決定的な何かには欠けている。陽介にしても史郎にしても、悪い人間ではなさそうだが、どこか全面的な信頼《しんらい》がおけない。

荷物のいちばん下に入れておいた携帯《けいたい》電話を手にする。

——あーあ、せっかく剣持さんがくれたのに……。

何か必要があったら、いつでもかけてほしい。休日だろうと、夜更《よふ》けだろうと、関係ないから——。そう言って持たせてくれたのだ。しかしいまは、かけるにも緊急《きんきゅう》の用事どころか、話題にできるようなことすらない。きょうは一日、何の異常もありませんでした、定期報告終わり——。頭のなかでそんな報告文を組み立てて、苦笑する。

とりあえずは荷物の下に戻《もど》しておく。縄文時代の遺跡の発掘でも、寺の見学（含《ふく》む・草むしり）でも何も出てこなかった。明日の遺跡調査のほうに望みをつなぐしかないか。何の望みかという疑問は残るが。

――ううっ……トイレ……。

ぶるっと震《ふる》えが背筋を駆《か》け抜《ぬ》ける。やはりコーヒーの飲み過ぎかもしれない。春とはいえ、夜はまだ冷える。板張りの本堂なら、なおさらだ。

「お手洗は、廊下《ろうか》を右に行った突《つ》き当たりですよ」

隣の布団から声がする。ぎょっとして覗《のぞ》き込むと、しかし、寝息しか聞こえない。

――この人は……。

とりあえず、森助教授の指示に従い、最優先事項《じこう》を片付けた。

――堀田くんたちは、テントで寝てるわけよね。

気持ちに余裕《よゆう》が出来たためか、そんな興味が湧《わ》く。保護者役の森助教授が眠ったところを狙《ねら》って、何か良からぬことをしている可能性だってあるのではないか――。美春は本堂に戻らず、廊下を回って庭のほうに出てみた。

静かだ。明かりも消えている。野宿といっても寺の庭なので、火を絶やさないというわけではないだろうが。

――まあ、夜中に穴を掘《ほ》りに行くなんて、そんな盗賊《とうぞく》みたいなことをするわけが――。

不意にテントの入り口が開く。昼間よりは小さめのリュックを担ぎスコップを手にした陽介が、続いて、やはり小さなナップサックを背に懐中電灯《かいちゅう》を持った史郎が出てきた。

――と……盗賊？

「――バケツを抱《かか》えて山に登る小学生の集団なんて珍《めずら》しいから、ひょっとしたら覚えている人もいるんじゃないかって期待したんだけどね。住職さんだけじゃなく、奥《おく》さんや子どもさんとも話してみたけれど、そうそう都合よくはいかないみたいだ」

美春や森助教授、寺の住人たちが寝静《ねしず》まったところを見計らって、陽介と史郎は行動を開始した。一年Δ組・荒木真理子から依頼《いらい》のあったタイムカプセルの発見。いくつか疑問点、あるいは不明瞭《ふめいりょう》な点もあったが、まずは埋蔵《まいぞう》場所を特定しないことには話にならない。

「小学生がハイキングに使うコースに関しては確認《かくにん》できた。カプセルを埋めたのは、コースからそれほど遠くない雑木林ってことになるはずだね」

「考えるのは史郎の仕事だからな」

寺の庭に張ったテントを出て、門を抜け、夜の山道を下る。

「ところで陽さん、炒飯《チャーハン》全部食べちゃダメでしょ。出雲さん、食べたがってたよ」

「――そうか？」

「自分の分をちょっと分けてあげればよかったのに」

「やだ」

夜中にスコップなどをもって出ていく二人を見た時は、何かあると思った。すぐに本堂に引き返し、パジャマ代わりのジャージの上から、寒さしのぎにポンチョを羽織り、メモ帳の場所を確認し、懐中電灯や携帯電話をポケットに突っ込むと、息を詰《つ》めて外へ出た（森助教授が「いってらっしゃい」と言ったようだったが、気の迷いだろう）。

二人に気付かれてはまずいと思ったので、懐中電灯も使わず、足音を忍《しの》ばせ、距離《きょり》をとって後をつけた。山の夜は、街とは違った明るさがあり、おかげで、けっこうな速さで歩いている陽介と史郎を見失うこともなかった。

どこまで行くつもりなのか不安を覚え始める頃《ころ》、二人はハイキングコースを外れ、脇《わき》の雑木林に入った。美春も、林の手前の茂《しげ》みの陰《かげ》にしゃがみ込み、様子を窺《うかが》う。二人は、何かの打合わせだか話合いだかをした後で、二手に別れた。探し物をしているのか、腰《こし》を低くした姿勢で地面を調べているように見える。

——何かしら……やっぱり宝ものとか……？

昼間の史郎の言葉を思い出す。それに、ふもとの遺跡から宝ものと呼べるようなものが出てくるとも思えない。さっきは、何か話しているのは聞こえたが、内容までは判らなかった。いまも、何をやっているのか、細かいことまでは判らない。手に何か金属の棒のようなものを持っているらしいのだが。

——ひょっとして、ダウジングってやつ？

「史郎——」

不意に陽介が史郎を呼んだ。史郎は呼ばれたほうに行き、何かを調べている。

——宝もの……あたしや森先生には隠《かく》している宝もの……やっぱり時価数億円の財宝をひとり占《じ》め、いや、二人占めとか……。

しばらく話していた二人だが、目的とする何かは見つからなかったのか、また二手に別れて地面を調べ始めた。

——それとも……埋《う》まっているのは……死体とか……？

余計な想像力が、美春をゾッとさせる。夜中に地面に突き立てられるスコップ。やがて掘り当てられる死体。驚《おどろ》いて逃《に》げ出そうとすると、物音を立ててしまう。美春に気付く二人。

『見たな』

『見ましたね』

スコップと中華鍋《ちゅうかなべ》を手に迫《せま》ってくる二人——。

——剣持さん、出雲をお守りください！

美春はポケットの中の携帯電話を握《にぎ》り締《し》めた。

ハイキングコースが通じているような山のなか。電車や路線バスの運行も終わった時刻。夜中に鳴くような鳥も虫も居らず、あたりはいたって静かだ。

「――ここが第一候補地」

マグライトで照らした地図とコンパスを確認、そして周囲の地形と照合したうえで、コース脇の雑木林に踏《ふ》み入る。

「どこを掘《ほ》る？」

「場所をある程度絞《しぼ》り込んでからだよ。なにしろクッキーや煎餅《せんべい》の缶《かん》に詰めた埋蔵物を六人分も収容できるほどの大きさのポリバケツ、蓋《ふた》の付いたゴミ用の大きなバケツを埋められるだけの大きさの穴を、小学生の手で掘れるようなスペースがなければならない。だから、樹と樹の間隔《かんかく》があまり詰まっていないことが条件となるわけだね」

「考えてるな、史郎」

「僕の仕事だからね。それで、だ――」

史郎は背中のナップサックから金属の棒を取り出して、ネジを締《し》めたり、端《はし》と端をつないだりして、直径五〇～六〇センチほどの輪を作った。

「これがだいたいポリバケツの大きさだよ。小学生の子どもがスコップで掘る穴だから、きれいな円筒形《えんとうけい》ってことはない。円錐台《えんすいだい》をひっくり返した形、あるいは尖《とが》ったすり鉢状《ばちじょう》の穴になるはずだ。つまり、穴の縁《ふち》は、この輪よりも大きくなってることになるよね。しかも、スコップを揮《ふる》ったり、掘った土を積んでおいたりするための余裕《よゆう》も必要になる。樹と樹の間にそれくらいの隙間《すきま》があるところを探してみてよ」

金属の輪を陽介に渡《わた》す。自分用にも一つ作り、二手に別れて、バケツ——タイムカプセルの埋められそうな場所を探す。

「全体に、だいぶ詰まり気味に樹が植わってるね。望み薄《うす》かもしれないな」

「——史郎、これでどうだ？」

陽介に声をかけられ、そちらのほうへ行ってみる。地面に金属の輪が置かれている。周囲に木立はない。地面に伸《の》びた根っこもない。カプセルを埋めるための穴を掘るには適当な条件が揃《そろ》っているように見えるが——。

「ここには埋めてないよ、たぶん」

「そうか？」

「掘るための条件は揃ってるけど、道の真ん中でしょ？　この林に来た人は必ずと言っていいほど、この地面の上を踏んでいくことになる。そんなところに、記念のタイムカプセルを埋めるかな？　それに、人がよく通る場所だと、バケツの強度が不充分《ふじゅうぶん》だった場合、地面が陥没《かんぼっ》してしまう恐《おそ》れもあるしね」

「そうか……」

への字口の両端《りょうはし》をさらに下げると、陽介は地面から金属の輪を拾い上げ、通路からは外れた林の間に入って調べを再開した。

「つまり、カプセルを埋めた場所は、人が頻繁《ひんぱん》に行き来する通路からは外れた場所で、掘るためのスペースが確保できる場所——」

それから二人はしばらく雑木林のなかを調べ続けたが、適当な場所を見つけることはできなかった。

「時間も限られているからね。次に行こうか、陽さん」

「そうか」

二つめの雑木林。一見したところ、最初の雑木林とあまり変わらない。三年もブランクがあれば、どちらがどちらか見分けがつかなくなっても不思議ではないかもしれない。

「——史郎、ここはどうだ？」

調べ始めて五分ほどしたところで、陽介が声を上げた。今度、金属の輪が置かれたのは、通路からは少し離《はな》れ、まわりに生えている樹と樹の間隔もかなり開いた場所だった。小学生が六人がかりで穴を掘るだけのスペースは充分にあるように思えたが——。

「ちょっと怪《あや》しいな」

金属の輪の内側に顔を出している白や黄色の花を見ながら史郎はつぶやいた。

「穴を掘ったら、そこに生えている植物がそのままってことは難しいだろうし、それなりに気を使って植え直したなら、荒木さんが何か言ったんじゃないかな。自然の目印としては、カムフラージュを兼《か》ねていて、悪くないけどね」

言いながら、史郎はナップサックから別の金属棒を出して、花の咲《さ》いている地面の真ん中に垂直に突《つ》き刺《さ》した。

「陽さん」

「おう」

陽介も金属棒に手を添《そ》える。一メートル近くも地面に差し込んだが、何の手応《てごた》えもなかった。いったん抜《ぬ》いて、一五センチほど横にずらし、同じことをやってみる。——手応えなし。方向を変え、さらに数回繰《く》り返してみたが、地面の下に何かが埋《う》まっているらしい手応えはなかった。

「いちおう、チェックだけはしておくけど、期待はできないね」

写真を撮《と》り、地図に印をつけておく。

二人は作業に戻《もど》ったが、この雑木林でも収穫《しゅうかく》らしい収穫はなかった。

「次に行くよ、陽さん」

「そうか」

——また始めた……。

しばらく歩いて三つめの雑木林に着くと、二人はまた同じことを始めた。今度も美春は前の二つの雑木林の時と同様、足首と膝《ひざ》が痛くなるくらいのあいだ、茂《しげ》みの陰《かげ》にしゃがみ込み、二人の観察を続けた。同じような作業を繰り返す二人。三度目の正直という言葉もある。今度こそ、お宝発掘部の実態が明らかになるかもしれない。

——まあ、二度あることは三度あるって諺《ことわざ》もあるけどね。

決定的な瞬間《しゅんかん》に立ち会えるかもしれない。インスタントカメラと携帯《けいたい》電話を確認して、美春はこれから起こるかもしれない何かに備えた。

「ここで適当な場所に行き当たらないと、樹を切り倒《たお》された空地で探すことになるな」

前の二つと似たような雑木林の真ん中に立って、史郎は言った。

「山の反対側まで行かなきゃならない。場所の特定も難しいし、明け方までに戻れるかどうか、ちょっとリスキーだね」

「早く掘りたいのにな」

「もうしばらくの辛抱《しんぼう》だよ、陽さん——」

史郎は言葉を呑《の》み込み、耳を澄《す》ませた。複数の、それもかなりの数のエンジン音だ。遠くから、こちらに近づいている。単に通過するだけなのか、それとも——。

「史郎——」

「静かに、陽さん」

地図で確認する。

「この近くに、暴走族の類《たぐい》にとってはおもしろい峠《とうげ》やら何やらはないけど——」

「あれか——」

木立の間を透《す》かし見るようにしていた陽介が指を差す。ふもとの道路を、一群のヘッドライトが走っていくのが見える。

「敷地が広すぎて、真輝島のセキュリティはざるだからな。まさか、夜中にバイクでツーリングもないだろうから、実害は——」

「史郎、あれ見ろ、あれ」

適当な遊び場でも見つけたのか、ヘッドライトの群はぐるぐると円を描《えが》き始めた。いくら交通量の少ない時間帯だとはいえ、道路の真ん中であんなことをやっているとは思えない。だとすると、いったい——。

「——発掘現場!?」

もう一度、地図とコンパスを確かめる。方向から判断して、間違《まちが》いないようだ。

「だけど、暴走族の皆《みな》さんが、発掘現場にどんな用事があるっていうんだろう？」

もともと宿泊施設に加えて、駐車場《ちゅうしゃじょう》やプールなどのレクリエーション施設までついている豪《ごう》華《か》なセミナーハウスを建てるための土地だから、平らな地面がある程度の範囲《はんい》に広がってはいるが、オンロード用のバイクで遊ぶのにはあまり適当なロケーションではないはずだ。たまたま目についた〝空き地〟でふざけているだけなのかもしれないが。

「畜生《ちくしょう》、せっかく掘《ほ》ったのに――」

「ちょっと待ってよ、陽さん！」

史郎が止めるよりも早く、陽介はスコップ片手に樹の間を抜《ぬ》け、ハイキングコースをはじめとする一切の道を無視し、まっすぐ発掘現場を目指して、山の斜面《しゃめん》を駆《か》け下りていった。


――何を始めたのよ、何を！

美春は危うく声に出して絶叫《ぜっきょう》するところだった。

三番目の雑木林。夜中に山道を引っ張り回され、やはり似たような作業の繰《く》り返しを見せられて、半ば飽《あ》き始めていたところに、いきなり予想外の動きが起きた。陽介が林を飛び出したのだ。それも、道のあるほう――つまりは美春のほうへではなく、下へ、道なんかない斜面のほうへ飛び出し、そのままふもとのほうへ走っていったのだ。

――スコップは持ってたみたいだけど……そうだ、嵯峨くんは？

史郎にとっても突発《とっぱつ》的な出来事だったのだろう。陽介が走っていったほうを見て、手許《てもと》の地図か何かを見直している。とっさには判断をつけかねている様子だ。

だが、迷っていたのもほんのわずかの間だけで、地図や探し物の道具を背中のナップサックに押《お》し込むと、すぐに陽介の後を追い始める。

——ええと、あたしは、どうしたら……？

とりあえずインスタントカメラはポケットに突《つ》っ込み、さっきまで二人がいた雑木林に入ってみる。何が二人をあんな行動に走らせたのか、まずは理由を摑《つか》まないと。

見たところ、何の変哲《へんてつ》もない雑木林だ。二人が立っていたところまで行き、生えている樹から地面まで懐中《かいちゅう》電灯で照らしてみるが、目を惹《ひ》くようなものはない。

ついでに、二人がふもとのほうへ飛び出していったところまで行ってみた。道のない斜面を強引に駆け下りていったのだということが、薙《な》ぎ倒され、踏《ふ》みしだかれた下草の様子からも判《わか》る。史郎はまだしも、陽介は〝猛然《もうぜん》と〟といった感じだった。犠牲《ぎせい》になった雑草に同情する。

さて、どうしたものかと、身を乗り出して下を見る。ここから下りていったのは確かだとしても、二人が現在何をしているのかはまったく判らない。

そのうちに、だんだん心細くなってきた。寺からはずいぶん離《はな》れてしまったし、行動の指針となっていた二人は、いまではどこにいるのか判らない。あたりの暗がりが、急に得体の知れないものに思えてくる。

——あたしは……あたしは……現実的な女なの！

次の瞬間《しゅんかん》、美春は足元を滑《すべ》らせて、好むと好まざるとにかかわらず、斜面を走り下りることになっていた。

ホーンやクラクションが響《ひび》き、爆音《ばくおん》が轟《とどろ》く。バイクに乗った人間が七人。四つ輪は三台。陽介にとっては、恐《おそ》れるような数ではない。

考古学者にとってしか価値のない、つまりは盗《ぬす》まれるようなものは何もない発掘《はっくつ》現場ではあるが、平井〝教授〟が見張りについていたはずだ。気がかりなのは、それだけだ。

「やめろ、おまえら！」

怒号《どごう》が夜気を震《ふる》わす。だが、暴走車の勢いは止まらない。発掘現場をぐるぐると走り回り、せっかく掘り出した遺構などを踏みにじり、崩《くず》していく。いや、彼等の走り方は、むしろ発掘現場の破壊《はかい》を目的としているのではないか。

暴走車の真ん中に飛び出す陽介。ハイビームがその姿を闇《やみ》に浮かび上がらせる。

「やめろ！　やめないと、怒《おこ》るぞ！」

陽介の叫《さけ》びにも怯《ひる》んだ様子はなく、むしろおもしろがるように破壊が盛んに、念入りになっていく。

「——怒ったからな！」

スコップを片手に構え、バイクの円陣《えんじん》を断ち切るように突っ込む。スコップ一閃《いっせん》。すれ違《ちが》いざまに頭部を横殴《よこなぐ》りにされたライダーは、バイクごと倒《たお》れ、いや、車体から吹《ふ》き飛ばされて、地面に転げた。

「馬鹿《ばか》ったれが！」

呻《うめ》き声をあげているライダーの尻《しり》を陽介がスコップでひっぱたく。ようやく、その場にいる人間たちに緊張《きんちょう》が走った。

だが、ライダーたちが何をするより早く、陽介が跳《と》ぶ。走るバイクのリアキャリアに着地し、ライダーの後頭部に蹴《け》りを見舞《みま》う。またしてもバランスを崩し転倒《てんとう》するバイク。しかし陽介は、転倒に巻き込まれることなく、地面に降り立ち、今度はヘルメットの脳天をスコップで叩《たた》く。

「馬鹿ったれ!」

その後で再びスコップを構え直す。

意を決した一台が正面から陽介に突っ込んでくる。陽介は、詰襟《つめえり》を脱《ぬ》いでスコップに巻き付けると、そのままバイクに向かって走り出した。真横に突き出した腕《うで》、そして、そこから伸《の》びるスコップ。ライダーはとっさに上体を低くしたものの、わずかに遅《おそ》かった。喉元《のどもと》をスコップに直撃《ちょくげき》されて、地表に叩き落とされる。

「この馬鹿たれが!」

とどめというわけでもないだろうが、尻へスコップの平手打ち。

瞬《またた》く間に三人もの仲間を叩き伏《ふ》せられ、残りのバイクや車は陽介と距離《きょり》をとった。

「俺は怒ってるんだぞ!」

スコップを構えて吼《ほ》える陽介に、ライダーたちがわずかに退《ひ》いたようだった。

「あーあ、始めちゃったよ、陽さん……」

暗視スコープで発掘現場を観察する史郎は、思わず舌打ちしていた。二人とも飛び出していくのは得策ではあるまいと、斜面《しゃめん》から道に出たところでいったん足を止め、状況《じょうきょう》を確認《かくにん》することにしたのだ。

それこそ、銃《じゅう》でも持ち出されない限り、あの程度の人数に負ける陽介ではない。その点に関しては心配ないだろう。問題は——。

「いったい何故《なぜ》、おもしろいことなんて何もない発掘現場を荒《あ》らしに暴走族の皆《みな》さんが現われたのか。あえて言えば、タイミングが良すぎる、違《ちが》う、悪すぎるね。それから、近くの住民の皆さんが警察に通報したりすると——」

「キャーッ！　キャーッ！　キャーッ！」

けたたましい悲鳴とともに、下草を薙ぎ倒しながら、何かが斜面を滑り下りてきた。

陽介に気をとられて、とっさに避《よ》け損なった史郎は、どうにか相手を受け止めた体裁《ていさい》だけは調《ととの》えた。

「——出雲さん……」

「さ……嵯峨くん、ごめんなさい」

「ケガはありませんか？」

「うん、足を滑らせて、ちょっと驚《おどろ》いちゃったけど、大丈夫《だいじょうぶ》だったみたい」

「それは何より。それで、もし差し支えなければ、下りてくれませんか？」

「——ごめんなさい！」

ほとんど飛び跳《は》ねるようにして、美春は史郎の上から退《ど》いた。続いて、服の埃《ほこり》をはたきながら史郎が身を起こす。気まずい笑いと、曖昧《あいまい》な笑いが向かい合う。

どうして、こんなところに——。お互《たが》いがいちばん知りたい疑問が、口に出せない。

「あの、堀田くんは？」

「陽さんなら、発掘現場を守っています」

史郎が差し出した暗視スコープを受け取り、ふもとに向ける美春。詳細《しょうさい》は判《わか》らなくても、陽介と数人が乱闘《らんとう》状態にあることは見て取れたようだ。

「助けなきゃ。——そうだ、警察を……」

美春が携帯《けいたい》電話を取り出すと、史郎はそれをそっと手で抑《おさ》えた。

「どうするつもりよ、嵯峨くん！」

「なんとか僕たちだけで助けましょう」

「なんとかって……あの、嵯峨くんの言う〝僕たち〟のなかには、あたしも含《ふく》まれてるの？」

「恐《こわ》いなら、ここで待っていてください。ただし、警察は呼ばないでくださいね」

それだけ言い置いて、史郎は山の斜面を駆《か》け下り始めた。

「ちょ、ちょっと待ってよ！　あたしだけ置いてかないでよ！　嵯峨くんってば！」

結局、美春も史郎の後を追うことになった。

三台の自動車が陽介を取り囲むようにぐるぐると輪を描《えが》き、動きを封《ふう》じる。その間に、バイクに乗っている連中が発掘《はっくつ》現場を荒らしていく。

「悪ふざけにしちゃ、しつこいな」

現場にたどり着いても、史郎はすぐに陽介を助けに飛び込んだりはしなかった。落ち着いた様子で、状況を観察している。

「嵯峨くん、何とかしないと、堀田くんが危ないんじゃないの？」

美春がせっついても、いっこうに動く様子はない。

「解《わか》ったわよ。警察呼んじゃうから」

美春が携帯電話を取り出すと、史郎はそれを片手で制し、ようやく乱闘の現場へと歩き出した。背中のナップサックから何か取り出す。——メガホン？

「おまえたち！　遺跡《いせき》を荒らすと、発掘調査の必要がなくなって、その分だけ工事が早く進むぞ！」

「——へっ？」

てっきり史郎が車の輪から陽介を助けるものだと思っていた美春は、拍子抜《ひょうしぬ》けする思いで、それでも成行きを見守った。

意外なことに、史郎の言葉はバイクや車の連中に動揺《どうよう》を与《あた》えたようだ。実際に、バイクに乗っている何人かがお互いに顔を見合わせるのが美春にも判った。

車ではなく、バイクに乗っている一人がグループのリーダー格だったらしい。片手を高く上げて合図をする。リーダーのバイクが発掘現場から出ていくと、戸惑《とまど》いからか、わずかな間があったものの、残りのバイクや自動車も後に続いた。

相手が逃《に》げ始めたと見ると、陽介はすぐに追いかけた。方向転換《てんかん》に手間取っている最後尾《さいこうび》の自動車に飛び付く。

「無茶だよ、陽さん！」

陽介がルーフにしがみついたことに気付いたのだろう、車は大きく蛇行《だこう》を始め、陽介を振《ふ》り落とそうとした。小刻みにバウンドする車体に、大の字になってしがみつく陽介。

「怒《おこ》ってるんだぞ、俺は！」

ボコッ。重たい音がする。どうやら陽介がスコップで車を殴《なぐ》りつけたらしい。続けざまに二発め、三発めの音が響《ひび》く。

不意に車がダッシュをかけた。摑《つか》まる陽介の腕《うで》に力が入る。だが、そんな陽介の行動を見透《みす》かしたかのように、車はブレーキをかけた。とっさに対応できず、前方に放り出される陽介。

それでも受け身をとり、次の攻撃《こうげき》に備えて身構えた陽介だったが、車は大きくクラクションを鳴らしただけで、すぐに方向転換し、先行する仲間を追った。ほどなく、暴走車の一団は大きなカーブを曲がって、見えなくなってしまった。

「堀田くーん！　嵯峨くーん！」

名前を呼びながら駆け寄る美春。

「——なんで、おまえが、ここにいるんだよ？」

への字口で言う陽介に、美春の足が止まる。

「そっちこそ、こんな時間に、どうしてお寺を抜《ぬ》け出して、こんなところにいるのよ？」

にらみ合う二人。

「はあっ……」

大袈裟《おおげさ》なため息をついて、史郎がしゃがみ込んだ。

「大丈夫《だいじょうぶ》？　ケガしてない？　どこか痛いところない？　あ、泥《どろ》がついてる」

——いくら堀田くんが走っている車から振り落とされたんだっていっても、あたしが坂を滑《すべ》り落ちた時とはずいぶん違《ちが》うじゃない！

甲斐甲斐《かいがい》しく陽介の世話を焼く史郎を見ながら、美春は内心で舌打ちした。まあ、いまに始まったことではないのだし、二人の仲がどれほど良かろうと悪かろうと、美春本来の目的には何の関係もないことのはずだ。

「俺はいいから、教授だ、平井教授。あいつらに轢《ひ》かれたんじゃないのか？」

「見張り番をしに、ここに残っていたはずだよね」

二人の言葉に、美春も鼓動《こどう》が速くなるのを感じた。暴走族の襲撃《しゅうげき》に抵抗《ていこう》したために、ケガなどさせられたのではないか——。

「とりあえず、捜《さが》しましょう」

懐中電灯《かいちゅうでんとう》で地面を照らしながら、平井〝教授〟の名前を呼ぶ。

——ひどい……。

こうして見ると、地面にはありとあらゆる方向にタイヤの跡《あと》が刻まれ、昼間、森助教授がレクチャーしてくれた土層やら遺構やらもメチャクチャだ。

——堀田くん、怒ってるだろうな。

動機や経緯《けいい》はどうあれ、自分があれだけ熱心に掘《ほ》った場所が無惨《むざん》に踏《ふ》みにじられたのだ。陽介のほうを振り返る。肩《かた》にスコップを背負った広い背中から、怒《いか》りの気配が立ち上っているような気がする。

「いた、いましたよ！」

史郎が声をあげたほうへ行く。深い穴、というより溝《みぞ》の一つに落ち、騒《さわ》ぎが治まるまでそこに隠《かく》れていたらしい。

「どうも、足を挫《くじ》いたらしくて——」

溝から助け出された平井助手は、髪形《かみがた》も白衣もぼろぼろだった。

「陽さん、出番」

平井助手の足を診《み》ていた史郎が声をかける。接骨や整体の心得があるのか、陽介は平井助手の足を引っ張り、捻《ひね》り、回し、最後に何かで添《そ》え木《ぎ》をして包帯でくるんだ。

——格闘技《かくとうぎ》とかやってる人は、自然にそっちを覚えるっていうけど、やっぱり肉体派なんだ、堀田くん……。

「——森先生が嘆《なげ》くでしょうね……」

荒《あ》らされた発掘《はっくつ》現場を改めて見渡《みわた》し、ため息をつく平井助手。美春には、森助教授の嘆く姿というのが想像できなかったが、こんなことをした連中に対する怒りだけは湧《わ》いてきた。

——文化財保護法違反《いはん》で懲役《ちょうえき》二〇年とか、できないのかしら。

「堀田くん、嵯峨くん、いったい何なの、あいつら？」

顔を見合わせる二人。そうだった。目の前で行なわれた無法に気をとられていたが、陽介と史郎だって怪《あや》しい、というより、美春本来の目的はこの二人——お宝発掘部の活動実態を明らかにすることだったはずだ。

「それに、どうして二人がここにいるわけ？」

「ええと、平井さんから暴走族があばれてるって携帯《けいたい》に連絡《れんらく》を——」

「嘘《うそ》です」

史郎の説明を途中《とちゅう》でさえぎる。

「ヘッドライトとエンジン音に気付いて――」

「あの山の上から?」

陽介の言い訳も一蹴《いっしゅう》する。

「だいたい二人とも、まっすぐ発掘現場に来ないで、途中の雑木林で何かやってたじゃない。金属の棒か何かでダウジングみたいなこと」

「ハハハ、ダウジングですか……ごめんなさい」

ひと睨《にら》みすると、史郎は出かかった笑いを引っ込めた。

「じゃあ、おまえは何でここにいるんだよ」

「たまたま、二人がテントを出るのを見かけたから、どうしたのかと思って」

「それで後をつけたんですか? 次からはやめたほうがいいですよ。夜中に山道を女の子が一人歩きするなんて、危ないですから――」

「話を逸《そ》らさないで!」

ビクッと肩をすくめる史郎。

「それから堀田くん、あたしは〝おまえ〟じゃなくて〝出雲〟」

「おい、史郎、急におっかなくなったな、こいつ」

当人は声をひそめたつもりなのかもしれないが、陽介の声は丸聞こえだ。

「あたりまえだよ、陽さん。僕たち、怒《おこ》られるようなことしたんだから」

応《こた》える史郎の声も、小さくはあるが明瞭《めいりょう》に聞こえる。

「やっぱり、炒飯《チャーハン》のことを根に持って――」

「炒飯は関係ない！」

何か情けなくなってくる美春だった。

――ああ、ここで身分を明らかにできたら……。

あたしは出雲美春、生徒会書記よ。お宝発掘部に入部したのは、あなたたちの活動実態を明らかにして、もしも不正があれば改善勧告《かんこく》を出し、場合によっては解散を命じるための潜入捜《せんにゅうそう》査《さ》よ。さあ、あなたたちの胡散臭《うさんくさ》い行動の理由、たったいま、全部白状してもらいましょうか――。よくやった、出雲くん。いいえ、生徒会役員としてあたりまえのことをしただけです、剣持さん――。

「おい、出雲、そのふんぞり返ったポーズは何なんだ？」

「顔はうっとりしてるし……」

「何でもないの！」

――ごめんなさい、剣持さん。出雲はまた妄想《もうそう》にひたって、現実を忘れるところでした。しかも、勝手に剣持さんを妄想に出演させてしまうし……。

「ええと、とりあえず警察には連絡しました。暴走行為《こうい》も含《ふく》めて、いちおう犯罪ですから」

携帯《けいたい》電話をしまいながら平井助手が言う。

「ということは、僕たちも証言を求められるわけですね」

史郎の言う〝僕たち〟に美春も含まれることは明らかだった。

――まさか、潜入捜査のことなんか言えないし……。

「――そうですね……。じゃあ、僕たちは季節外れの肝試《きもだめ》しをしていたことにしましょう」

「肝試し？」

自分たちはともかく、美春も警察に対して適当な説明ができないのを見抜《みぬ》いたかのような史郎の提案だった。

「お寺から、五分おきにスタートして、発掘現場を目指した。安全を考えて、スタートは、陽さん、出雲さん、僕の順。で、陽さんがここに着いた時にはすでに暴走族があばれ回っていたので乱闘《らんとう》状態になった。後から僕たちが駆《か》け付けて、もうすぐ警察が来るみたいなことを言ったら、連中は逃《に》げていった――。これでいきましょう。何か質問は？」

史郎の頭の回転の速さに感心する。例によって何か丸め込まれてしまったような気もするが、この際、これで納得することにした。

すでに暴走族は退散した後であり、人的、物的被害《ひがい》も軽微《けいび》だったため、警察の調べは簡単なもので済んだ。発掘途中《はっくつとちゅう》の遺跡《いせき》――古墳《こふん》や城跡《しろあと》でもなく、財宝が埋《う》まっているわけでもない埋《まい》蔵《ぞう》文化財の価値というのがいまひとつピンと来ていないフシもある。何にしても夜中のことであるので、この場から引き上げ、詳《くわ》しい実地検分などは朝になってからということで落ち着いた。被害届けは平井助手が書く――。

　美春、陽介、史郎は、念のためにパトカーで寺まで送ってもらった。ちゃっかり自分たちを考古学同好会にしてしまった史郎に呆《あき》れる。実際のところ、《お宝発掘部》などという怪《あや》しげな団体名を名乗ったら、警察の心証を悪くするだけだろう。

　寺の門の前で降ろしてもらう。

「森先生には僕から報告しておきますから。――お互《たが》い、夜中にこっそり抜《ぬ》け出すのはなしにしましょう」

　史郎の言葉に黙《だま》ってうなずき、庭と建物とに別れた。足音を忍《しの》ばせて本堂に戻《もど》る。抜け出した時のままの、しかしすっかり冷たくなってしまった布《ふ》団《とん》の中に滑《すべ》り込む。

「長いお手洗でしたねえ、出雲さん」

　いきなり森助教授が言う。続いて何を言われるかと身を強《こわ》ばらせて耳に全神経を集中させるが、聞こえてくるのは寝《ね》息《いき》ばかりだ。

　枕許《まくらもと》のスタンドのわずかな明かりを頼《たよ》りに、今夜の出来事をメモに整理する。変な言い方だが、お宝発掘部が単に怪しげなだけではなく、実際に怪しい、表沙汰《おもてざた》にはできない何かをやっている団体（構成員は二名だけだが）であることははっきりしたようだ。

　明日は陽介も史郎も警戒《けいかい》して行動を控《ひか》えるだろう。来週末から大型連休が始まり、月が変わってしまう。美春的にはタイムリミットなのだが、ここまで来て投げ出すわけにはいかない。

——絶対にはっきりさせなきゃ。遺跡と、暴走族と、それからお宝発掘部の関係。

ページの最後にしっかりとそう書き込み、赤いマーカーでぐるぐると囲んだ。

「どうにか、暴力事件の当事者として連行されることは避《さ》けられたけどね。——はい、陽さん、コーヒー」

ランプの昏《くら》い明かりの下で、史郎はきっちり二人分のコーヒーを淹《い》れ、片方を陽介に差し出した。二人はそのまま黙ってコーヒーを飲んだ。

「けじめ、つけなくちゃな」

不意に陽介が口を開く。

「そうだね、落とし前をつけなくちゃいけない。それに——」

カップの中を覗《のぞ》き込むような格好で史郎が応《こた》える。

「もしも、あいつらを呼び込んだのが僕たちなら、そのけじめもつけなくちゃいけない」

「そうだな」

「それにね——」

カップから視線を上げる史郎。

「僕たちはまだ掘《ほ》り出していないよ、荒木さんたちのタイムカプセル。何よりも、まずそれを果たさなくちゃ。僕たちはお宝発掘部なんだからね」

「そうだな」

3

メモをまとめ、朝になったらやらなければならないことなどを考えるうちに、美春はあることに思い至った。今回の事件を、暴走族とお宝発掘部の乱闘《らんとう》という形で受け取るのなら、それを理由に廃部《はいぶ》に追い込むことができるのではないか――。

――ダメダメ。何考えてるのよ。あたしがしなきゃならないことは、お宝発掘部の実態を明らかにすることであって、潰《つぶ》すことじゃない。そりゃ、結果として潰れるってこともあるだろうけど……。

しかし。もしも美春が恣意《しい》的な報告を生徒会にしなくても、例えば警察があれを乱闘事件として受け止め、学校に連絡《れんらく》してしまったら――。比較的鷹揚《ひかくてきおうよう》な校風の真輝島学園であっても、何もしないというわけにはいかないのではないか。下手をすれば、お宝発掘部の存続どころか、陽介と史郎の（場合によっては美春も？）学籍《がくせき》まで危なくなるのではないだろうか。

――うーん、警察が相手じゃ、あたしにできることなんかほとんどないだろうし……。だいたい、何かしようと思っても、季節外れの肝試《きもだめ》しなんていい加減なことを嵯峨くんが言っちゃったから、あの証言は嘘《うそ》でしたってところから始めなきゃいけないの？　あっ、でも、そうすると、夜中に出掛《でか》けてったことの説明はどうなるのかしら？

ああでもない、こうでもない――。布団《ふとん》の中で悩《なや》んでいるうちに、美春はいつの間にか眠《ねむ》りに落ち、不安な朝を迎《むか》えることになったのだった。

――不安のうちに迎えた朝のはずなのに……。

寺の庭先。晴れた空の下、角切りにしたパンを突《つ》き刺《さ》した長いフォークを手に、出雲美春は釈然《しゃくぜん》としないものを感じていた。

――のんびりチーズフォンデュなんか食べてていいのかしら……。

正直なところを言えば、美春には食べてみたいという気持ちはあったのだ、チーズフォンデュ。根拠《こんきょ》はないのだけれど、アウトドア料理っぽいイメージをもっていたので。実際に食べてみても、予想以上においしかった。史郎の流儀《りゅうぎ》なのだろうか、パンだけではなく、茹《ゆ》でたブロッコリーとか芽キャベツ、新ジャガなどの野菜類もたっぷり用意され、それらをフォークに刺して、溶《と》けたチーズにつける作業がまたおもしろい。いつの間にか繰《く》り返している。コーヒーも、昨夜飲んだものより味も香《かお》りも濃《こ》いめのようで、食欲を刺激《しげき》し、口の中をさっぱりさせる。それに、なんといっても夜中に予定外の〝遠出〟をしたことで、適度に空腹だった。朝食としては少々ヘビーなのだが、自分でも気持ちがいいくらい、食が進む。

――ごめんなさい、剣持さん。やっぱり出雲は弱い女です……。

とは思うものの、もうひと口。

視線をずらす。

「——実際のところ、日本の家庭なら米と味噌《みそ》と醬油《しょうゆ》が切れないのと同様に、スイスの家庭ならパンとチーズとワインが切れることはないわけで、つまり、チーズフォンデュって家庭料理、それもお茶漬《ちゃづ》けとか、残り物やありあわせの材料で作る料理みたいなものなんですよね」

「そういえば、中国では餃子《ぎょうざ》も水餃子が基本で、焼き餃子は、前の晩に主人が残した水餃子を使用人が再利用するための食べ方だって聞いたことがあります」

「そうそう、大蒜《にんにく》も入れませんしね」

のんびりと料理談義をしている史郎と森弥生助教授。深夜に起きた予想外の事件。いったい史郎は森助教授にどう説明するのだろうと、いささか緊張《きんちょう》して状況《じょうきょう》を注視していたのだが、起き抜《ぬ》けからすがすがしい顔をしている助教授に、これも昨夜の奮闘《ふんとう》など感じさせない満ち足りた顔をした史郎が、発掘現場が荒《あ》らされたという事件の経緯《けいい》だけを手短に語った。

「それでは、しっかり腹拵《はらごしら》えをしてから出掛けなければなりませんねえ」

状況を理解しているのかしていないのか、心許《こころもと》ない返事をする助教授。さすがに、携帯《けいたい》電話で平井助手に連絡を入れるくらいはしたようだが。

さらに視線を横に移動する。先に自分の食事だけ済ませてしまったのだろうか、すでに荷造りを終え、ぶすっとした顔でコーヒーを飲んでいる陽介がいる。

——昨夜の事件を引きずってるのは、堀田くんだけか……。

何かきっかけがあれば、すぐに一人で飛び出しかねない緊張感《きんちょうかん》が漂《ただよ》っている。声もかけづらいので、美春はとりあえずおとなしくしていることにした。もっとも、陽介に近寄りやすい雰《ふん》囲気《いき》の時があるのかどうかは、かなり疑問だが。

「――さて、このコーヒーを飲み終わったら、出発しましょうか」

その場にいる全員のカップにコーヒーを注《つ》ぎながら史郎が言う。いよいよ行動開始だ。美春も食器の片付けを手伝う。テントも畳《たた》まれ、最後に史郎と森助教授が住職に挨拶《あいさつ》すると、四人は山道を下り始めた。


きょうも先頭を行くのは、陽介と助教授のコンビだ。ただ、昨日のような森助教授を発信源にした〝強引な和気あいあい〟ムードはなくなってしまったようだ。

「大丈夫《だいじょうぶ》ですか、出雲さん？　眠くありませんか？」

食材は四人の胃袋《いぶくろ》に収まったとはいえ、大量の調理器具で膨《ふく》らんでいるリュックサックを背負った史郎が、にこやかに話しかけてくる。

「まだちょっと眠いけど、平気」

「まあ、朝ご飯もしっかり食べてましたしね」

ややデリカシーに欠けた発言に少しだけムッとする。

「ところで、きょうは何をする予定なの？」

「警察の実況《じつきよう》検分に協力した後は、森先生の指示に従って、復元作業のお手伝いですね」

「ひょっとして、工事が遅《おく》れることにならない？」

「微妙《びみょう》なところですね。今回の発掘《はっくつ》に関しては、僕たちは現場を見学させてもらっただけの立場ですから、今後のことはあまり関係がないと言えば言えるんですが。セミナーハウスの工事に関してなら、なおさらね」

史郎の反応は意外にクールだった。

「それで、森先生は納得したの、季節外れの肝試《きもだめ》しなんて言い訳で？」

そう。昨夜は目まぐるしい事態の進展に気をとられて見逃《みのが》していたけれど、とっさにでっち上げたそんな言い訳が、平井助手や森助教授に対して通用するだろうか？

「どうして夜中に出歩いていたのかについては、何も言ってません」

「えっ？」

「説明を求められなかったんで。もちろん、出雲さんのことについても、ね」

説明を求められなかった――。にわかには信じられない。しかし、陽介や史郎の態度、そして助教授の様子を見ていると、真夜中の外出について釈明《しゃくめい》する必要を誰《だれ》も感じていないとしか思えない。

――そんなことってあるのかしら……？

「まあ、暴走族とのアクションシーンなんて、そんなにしょっちゅうあるわけじゃないんですけどね」

それは、そうだろう。いや、しょっちゅうはないけれど、たまにならあるということか？

「出雲さん、お宝発掘部に入ろうって気持ちはなくなっちゃいましたか？」

あくまでもにこやかに訊《き》く史郎。

「――保留」

「はい？」

「いまのところ、保留。それだけよ」

「おい、早く来いよ！」

見ると、ずいぶん先のほうで陽介がスコップを振《ふ》っている。

「とりあえず、急ぎましょうか」

「うん」

現場に到着《とうちゃく》した森助教授は、集まった平井助手や学生たちを相手に、昨日の実地演習で見せた講師ぶりを上回る見事な実務者ぶりを発揮した。昨夜の経緯を簡潔に説明し、天災と人災とを問わず、埋蔵《まいぞう》文化財というのは常に危険にさらされているものであること、破損した状態での発掘作業もこれから先いくらも出会う可能性のあるものであること、そして、そのような遺《い》跡《せき》から最大限の正確な情報を得ることも考古学研究の重要な一部であることを付け加えた。

「――いささか変則的、かつ不本意な形ではありますが、これもまた貴重な演習の機会と心得て、今後に活《い》かせる経験とするように努めるといたしましょう」

奉仕《ほうし》活動に来た修道女を思わせる笑顔と口調でそう締《し》めくくると、助教授は学生たちをいくつかのグループに分け、それぞれにこなすべき課題を与《あた》えていった。

——こういうところは、やっぱり先生ね。

感心しながら、美春は自分に何の役割も振られていないことに気付いた。

「すみません、先生、あたしは何をやったらいいんでしょうか？」

「出雲さんは、堀田くんたちといっしょに、細かいことを手伝ってください。わたくしが指示します。簡単に言うと、雑用ですね」

助教授の言葉に嘘《うそ》はなく、美春はもちろん、陽介たちに割り当てられたのは紛《まぎ》れもない雑用ばかりだった。これこれをどこそこの場所に片付けろ。どこそこからこれこれの品物を持ってこい——。昼時には、陽介と史郎は弁当の買い出しさえ命じられたのである。これだけの人数分の弁当を二人で運んでくるというのは無茶なのではないかと思わないでもなかった。

——まあ、堀田くんは人並み以上の体力があるけれど……。

それよりも、陽介たちがこの場にいないというのは、いい機会かもしれない。美春は森助教授に近付き、話しかけた。

「あの、森先生、昨夜のことなんですけど、堀田くんたちが夜中に出掛《でか》けていった理由について、何も疑問に思わないんですか？」

あまり疑問に思われたりすると自分も困るのだが、やはり訊かずにはいられない。

「季節外れの肝試しですか？　平井さんに聞きましたけれど、もちろん、信じてはいません」

「だったら、どうして――」

「もしかしたら、出雲さんがほんとうのことを話してくれるのでしょうか？」

にっこり笑って尋《たず》ねられ、言葉に詰《つ》まってしまう美春だ。

「そ……それはともかくですね、やはり顧問《こもん》というか、監修者《かんしゅうしゃ》の立場なんですから、質問くらいはするべきじゃないかと思うんですけど……嵯峨くんは代表者ですし……」

最後のほうは言葉に勢いがなくなってしまった。

「あのお馬鹿《ばか》さんたちは、面倒《めんどう》くさいとか、自分たちに都合が悪いとかいった理由で、隠《かく》し事をしたり、嘘の説明をしたりはしないでしょう？　その点だけは信用していますから」

力みのない自然な断言（森弥生助教授の力む姿というのも想像しがたいが）。美春の知らないところで、陽介も史郎も助教授の信頼《しんらい》を勝ち取るような何かの実績を積み重ねてきたということなのだろうか。

「もっとも、大きな嘘を信じ込ませるために細かい嘘をつかないというのは、人を騙《だま》すための基本ですけれどね。その時はその時で、責任をとるべき人がとればいいだけの話でしょう」

――おーい！

美春は自分のなかで行き場を失った感動のやり場に困った。

「──史郎、これは罰《ばつ》ゲームなのか？」

「否定できないな。なにしろ、無邪気《むじゃき》に笑いながら、人のことを土に埋《う》めそうなタイプだからね、森先生は」

「掘《ほ》るのは好きだけど、埋まるのは厭《いや》だな……」

二〇人分を超《こ》える弁当および飲み物は、陽介と史郎の二人で運ぶにしてもかなりの嵩《かさ》であり重量だった。それでも、二人の歩みが滞《とどこお》ることはない。やがて発掘《はっくつ》現場が見えてくる。工事関係者や警察官の姿も混じっている。

「──昨夜の件、あの娘《こ》には知らせないほうがいいな」

「難しいかもしれない」

「何故《なぜ》だ？」

「工事をしている光洋《こうよう》建設って会社は、荒木さんのお父さんが社長なのさ」

陽介が濃《こ》い眉《まゆ》をかすかにしかめる。

「たぶん、荒木さんが熊尾山の現状について知ったのも、お父さんの会社を経由してのことじゃないかな」

「関係あるのか？」

「解《わか》らないよ。ただ、荒木さんのほうからこの話題を持ち出してくるまでは、僕たちは黙《だま》っていたほうがいいだろうね」

「そうか」

陽介たちに気付いたのか、森助教授がひらひらと手を振《ふ》っている。その隣《となり》には美春がどこか納得のいかないものがあるような雰囲気《ふんいき》で立っていた。

「出雲の奴《やつ》、消化不良か？」

「間違《まちが》っても本人にそんなこと訊いちゃダメだからね、陽さん」

「そうか」


食事のための昼休みを挟《はさ》んで、作業は続けられた。だが、お宝発掘部のメンバーは、ひと足先に引き上げることになった。通常の発掘作業ではないので、クラブの活動趣旨《しゅし》からは外れるだろうと、森助教授から帰るように勧《すす》められたのだ。

「それじゃ、お言葉に甘《あま》えましょうか」

美春としては、立ち去りがたい気持ちもあったのだが、口に出して主張できるはっきりした理由などもないので、反対することもできない。史郎の言葉に従うしかなかった。

「こんな突発《とっぱつ》事態はそうそうありませんから、安心してまた発掘に来てください」

にこやかな助教授の言葉に、はあと言って曖昧《あいまい》にうなずき、ナップサックを背負って陽介たちと駅を目指す。

「どうですか、出雲さん。ひょっとしたら、お宝発掘部に正式に入部する気がなくなっちゃったんじゃないですか？」

さり気ない口調で史郎が言う。

「それはない」

きっぱり答える。クラブ活動の登録締切《しめきり》は目前に迫《せま》っている。このままお宝発掘部につき合っていたら、正式な部員として登録されてしまうだろう。それでも、「努力」「正直」「誠実」を信条とする生徒会役員・出雲美春としては、ここで潜入捜査《せんにゅうそうさ》を放り出すわけにはいかない。

立ち止まり、陽介たちのほうに向き直る。

「――ねえ、昨夜、黙ってお寺を抜《ぬ》け出して、山のなかでやってたのは何なの？」

美春の問いに、まるでタイミングを計ったかのように顔を見合わせる二人。

「あたしたちが熊尾山に登って、お寺に一泊《いっぱく》したのって、クラブ活動のはずよね」

「ええ、そうです。きちんと活動報告も提出――」

「だったら、あの夜中の外出もクラブ活動の一部なの？」

「そういうことですね」

「じゃあ、何？」

二人は再び顔を見合わせる。

「クラブ活動の一部なら、あたしにも話せるはずでしょ？　っていうか、お宝発掘部はこんな活動をしていますっていうのをあたしに見せるために、今度のハイキングっていうか、宝探しを計画したんでしょ？　だったら、説明してよ、嵯峨くん、堀田くん」

我ながら感心するような、きちんと筋の通った理論展開だ。——いや、そんな大したものでもないが。

助けを求めるように、史郎が陽介のほうを見る。陽介は頭を掻《か》きながら史郎を見返す。

「——ああ、考えるのは史郎の仕事だから」

そう言って、美春の前に史郎を突《つ》き出す陽介。

「ちょっと、待ってよ、陽さん！」

そのまま行ってしまおうとする陽介の袖《そで》を、史郎は慌《あわ》てて摑《つか》み、引き戻《もど》そうとする。

「嵯峨くん、答えて、代表者でしょ？　それから、あたしが知りたいのはほんとうのことだから、別に〝考える〟必要はないわよ。ただ、正直に答えるだけで」

「ほら、考えなくてもいいんだから、僕の仕事じゃないってば」

今度は史郎が、陽介を美春の前に押し出す。

「史郎、代表者だろ」

再度、史郎を美春のほうへ押し遣《や》る陽介。だが、史郎も抵抗《ていこう》し、陽介を自分と美春の間をさえぎる盾《たて》にしようとする。その繰《く》り返しだ。

「あれは書類上だけのことでしょ。だいたい、部員が二人しかいないクラブの代表者に何の意味があるのさ」

「俺は、穴を掘《ほ》る以外はやらないんだって」

「それは不公平だよ。こういう時くらい、役に立ってよ」

「こういう時って何だよ？」

「僕たちの生命が危機にさらされてる時――」

「誰《だれ》の命が危機にさらされてるのよ！」

見苦しい押し付け合いが、美春の一喝《いっかつ》で止まる。

「説明をするのはどっちでもいいの。なんだったら、二人いっしょに説明してくれてもいいわ。ただ、ほんとうのことを、正直に話して」

「――仕方ありませんね」

まるで高度な関節技のかけ合いでもしたかのように手足をもつれさせていた陽介と史郎だが、ゆっくりと解《ほど》き（史郎は髪《かみ》の毛を整えたりなどしながら）、美春に向き直った。

「ときに出雲さん、駅までの道のりは解っていますか？」

「うん、この道をまっすぐ行って、ハイキングコース入口のバス停からバスに乗る――」

質問の意図が不明だったが、とりあえず正直に答えてしまう美春だ。

「そのとおり、それで結構です。――では、気をつけて帰ってください」

「えっ？」

お互《たが》いの右手をパチンと打ち合わせると、陽介と史郎は反対方向に走り出した。

「ちょ……ちょっと待ちなさい、堀田くん！　嵯峨くん！」

叫《さけ》んだところで止まるわけもなく、どちらを追い掛《か》けようか迷っている間に、陽介の大きなリュックサックも、それよりふた回りは小さな史郎のリュックサックも、美春の視界から消えてしまった。

「――もうっ！」

「ところで史郎、確か、前に目の届く範囲《はんい》に出雲がいたほうが安全だというようなことを言ってたような気がするんだけどな」

「気のせいだよ、陽さん」

「……そうか」

美春の追及《ついきゅう》からは逃《のが》れたものの、特に身を隠《かく》す場所のあてもない陽介と史郎は、結局クラブ棟《とう》の屋上に戻ってきて、テントを張った。

時おり星空を見上げながら、コーヒーを沸《わ》かし、不首尾《しゅび》に終わった熊尾山探索《たんさく》行の反省と、今後の行動方針検討に取りかかる。この週末から大型連休が始まる。依頼人《いらいにん》・荒木真理子の出したタイムリミットは連休前、つまりもうほとんど余裕《よゆう》はないということだ。

コーヒーのカップを手に、史郎がノートパソコンを広げる。

「まずは、あいつらが何をしに現われたのか、その目的をはっきりさせなくちゃいけない」

「遺跡《いせき》を壊《こわ》しに来た」

「それはそのとおりだけれど、何故《なぜ》、遺跡を壊す必要があったのかってことだよ。森先生の話じゃ、世紀の大発見になりそうな要素は何もない、建設業者にとっては不運な、よくある縄文時代の住居跡《あと》にすぎないんだからね」

「奴等《やつら》、縄文時代が嫌《きら》いだったのか」

「……そのへんの思想的な背景は解《わか》らないな。ただ、セミナーハウス建築に関係のある可能性は高いんじゃないかと思うんだ」

「遺跡を荒《あ》らすと、工事が早く進む」

「そう。ひょっとして工事と関係があるのかと思って叫んでみたら、実に判《わか》りやすい反応があったよね。——もっとも、陽さんひとりを相手にあれだけてこずっているところに、援軍《えんぐん》まで現われたんじゃたまらないって逃《に》げ出しただけなのかもしれないけど」

「工事を遅《おく》らせたいのか」

「あるいは早めたいのかもしれない。自分たちの狙《ねら》いをズバリ言い当てられたんで、泡食《あわ》って逃げ出したって線も考えられる」

「とっ捕《つか》まえて、聞き出すか」

「素直に教えちゃくれないだろうね。それに、どこに行けば捕まえられるのかって問題もあるよ。これぱっかりは、掘っても出てこないでしょ、陽さん？」

「そうか」

苦い顔をする陽介の空のカップに、史郎がコーヒーを注《つ》ぐ。

「そういうわけで、ちょっとばかり罠《わな》を仕掛《しか》けてみようと思うんだけどね」

自分のカップにもコーヒーを注ぎながら、史郎は口の片方の端《はし》だけをわずかに吊《つ》り上げた。

「考えるのは史郎の仕事だ」

「もちろん、陽さんにも手伝ってもらうからね」

「そうか」

「とりあえず、陽さんは出雲さんとデートして」

「ちょっと待て」

目を剝《む》く陽介。史郎は愉快《ゆかい》そうに、しかしどこか意地悪く笑う。

「時間稼《かせ》ぎっていうか、罠の仕度《したく》から出雲さんの目を逸《そ》らすのが目的だから、ほんとうのデートじゃないよ。気楽にやれば？」

「だったら、史郎も来いよ」

「無理だよ。陽さんが時間稼ぎをしてる間に、僕は罠の下拵《したごしら》えをしなきゃいけないんだから」

「俺は厭《いや》だ」

「僕だって気が進まないよ。だけど、他《ほか》に方法が思いつかないから、仕方がない。それとも、出雲さんの相手は僕がして、罠を仕掛けるほうを陽さんがやってくれる？」

史郎はノートパソコンの画面を陽介のほうに向けた。史郎の考えついた〝罠〟の詳細《しょうさい》が箇条《かじょう》書きになっている。画面とにらめっこする陽介。

「たいして複雑でもないし、面倒《めんどう》ってほどでもないよ。お願いできるかな、陽さん？」

言いながら史郎は手を伸《の》ばし、罠の予定表の脇《わき》にもう一つ、別のウィンドウを開いた。

「さて、見せかけだけとはいえ、デートはデート。どのネクタイを締《し》めて行こうかな」

開いたのは、史郎特製のワードローブ・リスト（ヴィジュアル・コーディネート・シミュレーション機能付き）だった。鼻歌まじりでコーディネートを始める史郎。

「――解った、やる」

濃《こ》い眉《まゆ》の間に深い皺《しわ》をよせ、への字口をますます急角度にしていた陽介だが、やや投げやりな調子で短く言った。

「やるって、どっちを？」

無邪気《むじゃき》そうな笑顔で尋《たず》ねる史郎。

「出雲とデートする」

「さすが、陽さん」

ニッコリと笑って拍手《はくしゅ》をすると、史郎はリストを閉じ、ノートを自分のほうに向け直した。

「――史郎、俺が嫌いか？」

「そうそう、デートプランは自分で何とかしてよね。僕、そういうの苦手だからさ」

「――そうか」

しばらくキーに指を走らせていた史郎だったが、ふと手を止めて、陽介のほうを見た。

「ノーコメント、かな」

「じゃあ、出雲が嫌いなのか？」

「まさか」


――きょうこそ……きょうこそ尻尾《しっぽ》を摑《つか》んで、叩《たた》き潰《つぶ》してやるわ！

何度目になるだろう、熱く震《ふる》える拳《こぶし》を固く握《にぎ》り締めるのは。週明けの月曜日、出雲美春は燃えていた。

ちょっと私的感情が入ってしまっているかなと思わないでもなかったが、実害こそなかったものの、山のなかでいきなり置いてけぼりにされた美春にしてみれば、心穏《おだ》やかでいろと言うほうが無理だった。

それでも昨日のうちに、極力感情を抑《おさ》え、はっきりしている事実関係だけを書き並べた活動報告をメールの形で剣持薫に送った。ケガがなくて何より。仕事も大切だけれど、あまり張り切りすぎないように――。剣持からの返信は簡潔ではあったが、涙《なみだ》が出るくらい嬉《うれ》しかった。

ここは一つ、冷静になり、史郎の口先などに惑《まど》わされることなく、お宝発掘部の実態に迫《せま》らなければならない。

――そうよ、剣持さんのためにも、廃部《はいぶ》に追い込んでやるわ、お宝発掘部！　――あれ？

何か話が途中《とちゅう》でねじ曲がったような気がするのだが。

「おい、出雲はいるか？　出雲！」

聞覚えのある太くて低い声。見るまでもない、陽介だ。Σ組の教室の入り口に立って、きょろきょろしている。何をしているのだろう――。

「おう、出雲、そこにいたのか！」

目が合うと、陽介はご丁寧《ていねい》にこちらを指差して、声を出した。教室にいた人間の視線が美春に集まる。頬《ほお》に血が昇《のぼ》るのを感じながら、美春は入り口のところまで飛び出していた。

「いるなら、返事くらい――」

「いったい、何の用よ！」

冷静になろうと誓《ちか》ったことも忘れて、反射的に大声を出す。

「それに、出雲、出雲って、気安いわよ」

「〝出雲〟って呼べって言ったのは、おまえだろ」

「〝おまえ〟って呼ぶなとも言ったわよ」

「――そうか」

への字口をさらに曲げる陽介。

「で、何の用？」

「俺とデートしろ」

「へっ？」

一瞬《いっしゅん》、言われた意味が解《わか》らず、間抜《まぬ》けな声で問い返す。

「聞こえなかったのかよ。俺とデートしろって言ったんだ、出雲」

本人は抑えているつもりかもしれないが、元が太くて大きな陽介の声だ。何事かと注目していた野次馬《やじうま》連中の耳にもしっかり聞こえたに違《ちが》いない。「おおっ」というやや大袈裟《おおげさ》なざわめきが教室中に広がる。

「きょうの放課後、俺とデートだ。解ったな？」

大きな手を美春の両肩《りょうかた》に置き、揺《ゆ》さぶる。首ががくっと揺れたのを、肯定《こうてい》の意志表示と受け取ったのか、「放課後だからな」と確認《かくにん》の言葉を残して、陽介は足早に去っていった。

冷やかしの口笛や拍手が聞こえるなか、呆然《ぼうぜん》と立ち尽《つ》くす美春。

——け……剣持さん……出雲は……出雲はどうしたらいいんですかあっ！

「息抜《いきぬ》きに、僕とつき合う時間はあるかな、懐《ナツキ》？」

史郎が書架《しょか》の間から声をかけると、「中央図書館蔵書目録」のページをめくっていた懐はパッと顔を輝《かがや》かせた。すぐに記録台帳を所定の位置にしまうと、黒い袖《そで》カバーを外し、まくった袖を下ろしながら、小走りに史郎のところまで来た。

学園の敷地《しきち》のほぼ中央には、幼稚舎《ようちしゃ》から大学までのいずれにも属さない、学園そのものの施《し》設《せつ》が、中央図書館の他にもいくつか並んでいる。それらの一つ、学園の創立者の名前を冠《かん》したホールにあるカフェテリアの片隅《かたすみ》のテーブルに、史郎と懐は腰《こし》を下ろした。

「――それで、どうだったの、史郎？　週末は宝探しに行ったんだろ」

「うん。竜《りゅう》の骨――たぶん、恐竜《きょうりゅう》の化石じゃないかと思うんだけどね、残念ながら見つからなかった。ひょっとしたら、漢方薬の材料になっちゃったのかもしれないな」

「ふーん。それで、あの新入部員は？　がっかりして辞めちゃったとか？」

「出雲さんのこと？　宝探しの前に、縄文時代の住居跡《あと》の発掘を見学したんだけどね、それなりに楽しんでくれたみたいだよ。森先生とも、それなりに気が合ってたみたいだし」

「森先生って、あの胸の大きなオバサンだろ？」

「懐、他人《ひと》の外見を話題にするのはよくないな。たとえ、本人がその場で聞いていなくても、口にする人間の心が卑《いや》しくなるからね」

「史郎は、女の人に甘《あま》すぎるよ。僕のことなんか、ちっとも――」

最後のほうは、もぐもぐと口の中でつぶやくように言う。

「もっとも、せっかく陽さんたちが頑張《がんば》って掘った遺跡《いせき》も、暴走族みたいな連中がやって来て滅茶苦茶《めちゃくちゃ》にしちゃったんだけどね」

「フン。美春なんかといっしょだから、運が落ちちゃったんじゃないの？　そういう女のことを、さげま——」

「だめだよ、懐、そういう言葉を使っちゃ。君の品位が下がるからね」

「だって、美春ったらさ……」

どこでそんな言葉を覚えたのやら——。苦笑しながらたしなめる史郎に、懐は口を尖《とが》らせた。

「それに、陽さんは出雲さんのことを気に入ってるみたいだしね。きょうはデートしているはずだよ」

「美春とデート？　趣味《しゅみ》悪いよ、陽介は。炒飯《チャーハン》ばっかり食べてるし——」

「僕みたいな冴《さ》えないのを相棒にしてるし？」

「そんなことない、そんなことないよ」

懐はテーブルの上に身を乗り出した。

「史郎は、趣味悪くなんかない。かっこいいよ。素敵だよ」

「ありがとう、懐」

大きな頭の上にポンと手を置く。しかし、それは懐が望んでいたリアクションではなかったらしい。丸い眼鏡《めがね》の奥《おく》の目が、ムッとした表情を浮《う》かべる。

「サンドイッチが来たからね。ちゃんと座って、懐」

銀の盆《ぼん》を持ったウェイターが立っているのを見て、懐は自分の椅子《いす》に座り直した。

「ローストビーフサンドと、イチゴのタルトでございます」

注文の品を並べ、さらに二人のカップに紅茶を注《つ》ぐと、ウェイターはポットを置き、一礼してテーブルを離《はな》れた。

懐が大きな口を開けてサンドイッチにかぶりつく。史郎はサングラスの奥で目を細め、自分のカップを口に運んだ。

「あのさ、ローストビーフサンドイッチが好きな小学五年生の女の子って、おかしいかな？」

皿が空になったところで、ひどく真剣《しんけん》な顔で懐が言った。

「どうして？　別に変だとは思わないよ」

「親がね、厭《いや》がるんだ。野菜サンドか卵サンドにしなさいって。ツナサンドまでしか許しませんって」

「それは宗教上の理由？　それともアレルギー体質なのかな」

「どうも、ローストビーフっていう選択《せんたく》が子どもらしくないって思ってるみたいなんだ。生意気っていうか、かわいげがないって」

当人にとってはかなり深刻な問題らしく、しかつめらしい表情で懐が答える。

「人間は好きなものを好きな時に好きなだけ、おいしく食べるのが幸せだよ」

「そうだよね。自分のお金で自分が食べるんだから——。ええと、サンドイッチは史郎の奢《おご》りだったっけ?」

「遠慮《えんりょ》することはないよ。おいしそうに食べている懐を見ていると、僕も幸せな気分になれるからね」

「それって、微笑《ほほえ》ましいとか、そういうこと?」

少しだけ声を固くして、史郎のほうへ身を乗り出す懐。

「ううん、ちょっと違《ちが》うな」

「どういうふうに?」

懐の追及《ついきゅう》は意外に厳しい。

「そうだな——。例えば、ここに一人の年若きビジネスパーソンがいたとする。バリバリのエリート。ビジネスはもちろん、日頃《ひごろ》のライフスタイルにも隙《すき》がないような、ね。さて、金曜の夜、一人暮らしのマンションに電話がかかってくる。故郷の親からだ。元気にしてるか? 食事はきちんとしているか? 仕事は忙《いそが》しいのか? たまには顔を見せろ——。子どもが離れて暮らしている親なら誰《だれ》でもするような内容の電話だ。うん、元気だよ。ちゃんと食べてるよ。時期的にちょっと追い込みに入っててね。まあ、いまの仕事が一段落ついたら——。そんな受答えをしている時に、言葉にちょっとお国なまりが入ったとする。たまたまそれを聞いたら、少しだけ得をしたような気分になるだろうな、僕は」

「どうして?」

「いつもすべてを完璧《かんぺき》にこなしているような人間がふと見せる隙っていうのは、そうだね、セクシーなんだよ」

「史郎、やらしい」

「——地域も期間も極度に限定した魅力《みりょく》があるって言い直そう」

「じゃあ史郎は、ローストビーフサンドを食べる僕に魅力があるって言うの？　見え透《す》いたお世辞だよ、そんなの」

「素直な気持ちなんだけどね。——それよりも、どう、お代わりを頼《たの》んだら？」

「いいの？　じゃあ、パストラミサンドイッチを一つ」

空になった皿が下げられ、新しい皿が来るまでの間に、懐は紅茶を飲み干し、新しいポットの追加も注文した。

「そうそう、一つ言い忘れていたけど——」

小さなケーキにフォークを入れながら史郎が口を開く。

「もうちょっと食べたいなってところで止めておくのが、幸せな食生活を送るコツだよ」

「史郎、意地が悪い」

「——それで史郎、僕に頼みたいのは、どんなこと？」

三皿めのサンドイッチ（ターキーサンド）を平らげ、楊枝《ようじ》に刺《さ》さったオリーブを口に放り込むと、懐は改めて史郎のほうに向き直った。史郎は片眉《かたまゆ》を吊《つ》り上げ、「?:」の表情を作る。

「だって、嵯峨史郎ともあろう者が、何の見返りも期待せずにこの僕、百合嶋《ゆりしま》懐にお茶を奢るわけはないからね。――違う?」

「うーん、そういう言い方をされると、男の純情が傷つくなあ」

そう言いながらも、史郎はカップを受け皿に置き、好奇心《こうきしん》に輝《かがや》いている懐の目を見つめ返した。

「たぶん、三年くらい前のことだと思うけど、タイムカプセルに関するイベント、ムーブメントがなかったかどうか調べている。協力してほしい。当時、小学六年生だった子どもたちが、自分たちもタイムカプセルを埋《う》めようと思うような動機付けになり得たかもしれない情報だ。インターネットで漁《あさ》ってみたんだけれど、これというものに行き当たらない。そこで印刷媒体《ばいたい》を中心に調べてもらいたいんだ」

「急ぎ――だよね?」

「すごく急いでいる」

史郎の言うことを、懐はうなずきながらメモに書き留めていった。

「――判《わか》りしだい、連絡《れんらく》を入れるよ」

メモ帳をワイシャツの胸ポケットに突《つ》っ込むと、懐は椅子《いす》から降りた。続いて、史郎も伝票を片手に席を立つ。

「懐、ネクタイ曲がってる」

「そう？　――ありがとう、史郎」

「襟《えり》が歪《ゆが》んでるな。ワイシャツ、きついんじゃないのかい？」

「……ちょっとね」


「だいたい、放課後すぐにデートに直行するなんて、おかしいわよ」

何かの時には学生カバンを盾《たて》にできる程度の間隔《かんかく》をあけて、陽介と並んで歩く。予告どおりに二年Σ組の教室に現われた陽介は、美春に抵抗《ていこう》や弁解の暇《ひま》を与《あた》えず、そのまま連れ去った。学園近くの繁華街《はんかがい》。自分たちの他《ほか》にも学生の姿がちらほらする通りである。美春の内心の叫《さけ》びを天が聞き届けてくれたのか、剣持薫をはじめとする生徒会役員に出会わないのがせめてもか。

「おかしいのか？」

「デートなら、もっとそれらしい服を着て、それらしい場所で待合わせるもんじゃない？」

「そうか。――着替《きが》えてこい。俺、待ってるから」

「いいわよ、この格好で！」

わざわざそれらしい格好に着替えてしまったら、まるでこの〝デート〟に乗り気みたいではないか。それに、制服を着ていれば、行ける場所に自然と制限がかかるだろう。縄文時代の住居跡《あと》を発掘に行く時でさえ詰襟《つめえり》を着ている陽介が相手では頼《たよ》りない〝保険〟かもしれないが、それでも、ないよりはマシだ。

これが史郎なら、きっちりと段取りをして、一瞬も気を逸《そ》らさないような会話をして、最終的には相手を術中にはめているのではないか。それはそれで、緊張《きんちょう》を強いられる〝デート〟ではある。

——まあ、正式入部するかどうかって話にならない分、堀田くんのほうが気が楽かもね。

「それで、どこに行くの？　スコップ屋さん？　それとも、炒飯《チャーハン》のおいしい店？」

ここだけの話ではあるが、美春は〝デート〟と名の付くものをしたことがない。それでも、
穴掘《あなほ》り以外に興味のなさそうな陽介よりは、いわゆるデートコースというものには通じている
つもりである。たとえそれが、クラスメイトがああだこうだとしゃべっているのに（ちょっと
羨《うらや》ましく思いながら）聞き耳を立てて得た知識だとしても。だから、陽介に対しては妙《みょう》な優越《ゆうえつ》
感《かん》から、自然とからかうような皮肉っぽい口調になってしまう。

「スコップは、こないだ作ったばかりだ」

——おいおい……。

冗談《じょうだん》が通じないタイプだとは思っていたけれど、それにしても——。

「炒飯は、史郎の作ったのがいちばんうまい」

——おいおいおいおいおい……！

ふつうの人間が言ったのなら冗談で済ませられる言葉も、陽介のへの字口から発せられると、

素直に笑えなかった。

——っていうか、思い当たるようなことが多すぎるのよ！

「おい、出雲」

カバンを盾にする間もなく、いきなり肩《かた》を掴《つか》まれる。

「甘《あま》いものでも食うか？」

陽介の指差した先に、おいしいと評判のアイスクリーム屋のスタンドがある。

「甘いもの、嫌《きら》いか？　嫌いなら——」

「食べる」

デートって、勘定《かんじょう》は男がもつんだろ——。どうやら本気でそう信じ込んでいるらしい陽介の言葉に、美春はありがたく甘えることにした。美春がアップルシナモンを三回も舐《な》めないうちに、イチゴとバニラとチョコレートの三段重ねをひと口食いしてしまったのには呆《あき》れたが。

「——さて、次はどこに行くの？」

「どこがいい？」

「あのね、誘《さそ》ったほうがプランを立てておくもんでしょ、ふつうは」

「そうなのか？」

「…………」

堀田くん、まさか、嵯峨くんに「出雲とデートしろ」って言われたからしてるんじゃないでしょうね——。口許《くちもと》まで出かかった言葉を呑《の》み込む。あまりにもリアルな想像で嫌《いや》だったし、その裏で史郎が何を企《たくら》んでいるのか考えると頭痛がしてくるからだ。

「あ、ここ寄っていいかな？」

五階建の小さなビルだが、中にはアクセサリーやスカーフ、輸入雑貨やハーブなど、趣味《しゅみ》が昂《こう》じて店を開いたのではないかという感じの小さな専門店がいくつか入っている。実際に商品を買うことはあまりないので、いいお客ではないのだろうけれど、美春はここが好きで、時間に余裕《よゆう》があれば、よく足を運ぶ。

——しばらく来てなかったな。クラブの実態調査が始まってからか。

「こういうの、好きなのか？」

最上階にあるリストウォッチの店のショーケースを見ている時に、陽介がぼそっと言った。

「うん。見てると、楽しいじゃない」

「そうか」

チラッと陽介の表情を窺《うかが》う。いつも無愛想なへの字口なので、はっきりとは言えないのだが、別に不機嫌《ふきげん》とか退屈《たいくつ》というわけではないようだ。視線も、ケースの中を向いているようだし。

「出雲、お宝を探してるってわけじゃないのか」

お宝——。陽介は掘《ほ》ることだけに熱心で、そこに埋《う》まっているものが財宝だろうが縄文時代の住居跡だろうが、関係ないのだと思っていたのだけれど。

「堀田くんも、掘り出したいお宝ってあるの？」

陽介はむすっとした顔のまま、太い人差し指で頰《ほお》を掻《か》いた。

「俺は……うまく言えん」

「じゃあ、堀田くんがいままでに発掘《はっくつ》したお宝のなかでいちばん気に入ってるとか、いちばん凄《すご》いとかってお宝を見せてくれるっていうのは、どう？」

ふと思い付いて口にしてみたことだが、悪くないかもしれない。実態調査というには遠回りの方法かもしれないけれど、活動の結果を通して、陽介たちが何を考えてお宝発掘部をやっているのか、見えてくるものもあるのではないか。

「うん、そうよ。それがいいわ。見せて、堀田くん。あたし、見たいなあ、堀田くんのお宝」

自分でもちょっとやりすぎかなと思うような甘ったれた声を出し、陽介に擦《す》り寄る。直接表情には出ないものの、どこか慌《あわ》てたような雰囲気《ふんいき》が感じられて、それがおもしろいということもあったりして――。

「そ……そうか」

腕組《うでぐ》みをしながらも、結局うなずく陽介。やったね――。美春は内心でバンザイをした。

「――なるほど、通信教育講座の月報ね」

懐からの報告にうなずく史郎。書店の店頭で売られている通常の雑誌ならまだしも、調べようとしても手に入りにくい、というより、ふつうは思い当たらない媒体だろう。当該号《とうがい》のコピーも画像ファイルとして送られてきた。ちょうど、世紀の変わり目が話題になり始めた頃《ころ》で、それに因《ちな》んだ記事なども見られる。タイムカプセルを埋めるというのも、そうした特集記事の一つだった。ポリバケツを使ったタイムカプセルの作り方・埋め方までが書いてある。発見を依頼《いらい》されたカプセルの発案者である野口信夫《のぶお》がこの記事を参考にした、いや、この記事を見たからこそタイムカプセルを埋めようという気になったのは、間違《まちが》いないようだ。記事は新年号、続いて懐が送ってきたのは学年の変わり目、つまりは最終号にあたる三月号だった。通信教育の成果（私立中学への入学者数）などを掲載し、中学の講座への勧誘《かんゆう》をするためか、通常の月刊誌に比べて発行日はやや遅《おそ》い。新年号の記事を読んで、さっそくタイムカプセルを埋めてみた小学生は、野口信夫たちのグループだけではなかったらしく、読者投稿《とうこう》のコーナーに何枚か写真が掲載《けいさい》されていた。——文字どおり、背景の一部がはっきりしてきたといった感じか。

礼を言って、携帯《けいたい》電話を切る。その後、電話と通信で、いくつか気になることを確認《かくにん》した。

「——これで、第三の可能性がいちばん高くなってきたわけだな」

暴走族が発掘現場を襲《おそ》った理由として、まず面白《おもしろ》半分で特に意味はないのではないかと考えた。それから、セミナーハウス建設に何かかかわりのあることではないかとも考えた。特に、連中の撤退《てったい》時のふるまい（史郎の言葉に対する反応）などを考慮《こうりょ》に入れると、これはかなり可能性の高い推測であるように思われた。そして第三の可能性——熊尾山のどこかに埋められたタイムカプセルに関連するという可能性。これも、セミナーハウス建設に関連があると言えば、言えるかもしれない。ちなみに、遺跡《いせき》そのものに意味があるのではないかという陽介が口にした可能性に関しては、史郎は最大限の敬意を払《はら》ったうえで保留にしてある。

「となると、やっぱり中身だな。僕の仕掛《しか》ける罠《わな》の有効性も高まるってわけだ」

揃《そろ》えたものをもう一度確認してナップサックに詰《つ》めると、史郎は熊尾山を目指した。


「だいたい、僕はこういう仕事には向いてないんだけどな――」

文句を言いながら、折畳《おりたた》み式のスコップで地面を掘る。

暴走族との乱闘騒《らんとうさわ》ぎのために調べが中途半端《ちゅうとはんぱ》で終わった三番目の雑木林。残った部分をざっと調べた後で、史郎は雑木の間の一角を掘り始めた。

「しかし、自分で仕組んだこととはいえ、あの二人がデートか。どんなデートになっているのやら、っていうより、そもそも会話が成り立っているのかな、あの二人の間で――」

最初のうちこそ軽口を叩《たた》いていた史郎だが、しだいに無口になり、土を掘ることに専念し始める。男子としては小柄《こがら》な史郎だが、掘るペースは速く、滞《とどこお》ることもない。やがて、史郎の姿は、穴とその周りに積み上げた土の陰《かげ》に半ば隠《かく》れた。夕闇《ゆうやみ》の降りた雑木林の木立の間に、スコップが土を嚙《か》む単調な音の繰《く》り返しだけが響《ひび》く。

「おっ、これは――」

土を掘る音が止まり、史郎が小さく叫《さけ》ぶ。

「ひょっとしたら——」

穴の中にしゃがみ込む。しばらくは、土を細かくこそげ落とすような音だけが続いた。

「見つけた、タイムカプセル！」

叫び声とともに立ち上がった史郎の手には、ところどころが泥《どろ》で汚《よご》れた水色の円筒《えんとう》があった。

「そいつを置いてってもらおうか」

喉《のど》の奥《おく》で痰《たん》が絡《から》まっているような声がした。史郎が顔をそちらに向ける。つなぎや革《かわ》ジャンなど、着ているものはさまざまだが、フルフェイスのヘルメットで顔を隠していることだけは共通している人影《ひとかげ》が全部で七つ、半円形に立っている。昨夜の暴走族の仲間だろうか。両端《りょうはし》が、史郎のいる穴を囲むようにゆっくりと広がっていく。

「あらら、予想より早くて、しかも人数が多いな」

史郎はサングラスの下で顔をしかめた。

「ちょっと発掘現場を突っつけば、慌《あわ》てて掘り返すだろうと踏《ふ》んだんだが、こっちの予想どおりだったってわけだ。——さあ、バケツを置け」

グループのリーダーなのか、ガラガラ声の男が言ったが、史郎は反応しない。自分たちの言葉に従いそうにないのを見ると、リーダーはナイフを抜《ぬ》いた。他《ほか》の男たちも、ナイフや鉄パイプといった得物を取り出し、威嚇《いかく》するようにもてあそび出した。そして、史郎を囲む輪を少し縮める。

「――ああ、そうか。陽さんがいた場合に備えて、人数は多めにしておきました、武器も用意しておきました、そういうことだ。そうでしょ？　正解でしょ？」

自分でもうなずきながら、周囲の暴走族に回答を求める史郎。しかし、男たちは何も言わず、ただ威圧感《いあつかん》が増しただけだった。

「二、三人ずつのグループで手分けして探しているだろうから、とりあえず突破《とっぱ》できるだろうって踏んでたんだけど、予想が外れちゃったな」

緊張《きんちょう》の感じられない様子で続ける。

「予定では、突破した後で、適当な一人を捕《つか》まえて、いろいろ聞かせてもらうはずだったのにね、困っちゃったなあ……」

青い円筒を抱《かか》えたまま、考え込む素振《そぶ》りをしていた史郎だが、不意にパチンと指を鳴らした。

「これから意表を突《つ》くから、よっくご覧《ろう》じろ！」

抱えていた青い円筒を軽く投げ上げ、落ちてきたところを蹴《け》る。六つの缶《かん》入りの品の詰まった、それ自体もそれなりの重量があるはずのポリバケツは、呆気《あっけ》なく男たちの頭上を飛び越《こ》え、草むらの中に転がり込んだ。

男たちの注意がそちらに向いた瞬間《しゅんかん》、史郎は穴の中から飛び出し、包囲の隙間《すきま》を縫《ぬ》って外に出た。

「待ってたまるか、時間潰《じかんつぶ》しのヘボ将棋《しょうぎ》ならともかく」

一人が鉄パイプを投げた。スコップで弾《はじ》き返す史郎。

「ナイフは遠慮《えんりょ》したいな」

幸い、得物を投げる者は、他にはいなかった。だが、史郎より足の速い者はいたようで、大きく回り込み、行く手に立ち塞《ふさ》がる。

「怒《おこ》ったぞ！　って陽さんのマネ」

スコップを振《ふ》りかざしたが、相手はまったく怯《ひる》まない。それどころか、自分の得物――鉄パイプを、木刀よろしく青眼に構え、そのまま切り付けてくる。

「ちょっと、そんなのあり？」

どうにかスコップで受け止め、顔や頭への直撃《ちょくげき》は避《さ》けたものの、手には痺《しび》れが走っている。

「力だけなら、負けない自信があるんだけどね」

史郎の技量を見切ったのか、鉄パイプの男はさらに踏み込んで、連続攻撃《こうげき》に出た。へっぴり腰《ごし》でどうにか決定的なダメージを避けていた史郎だが、とうとうスコップを弾き飛ばされてしまった。

「ハハハ……。けっこう深刻かな」

空っぽになった手を、それでも体の前にもってきて、身構える真似《まね》をする。どう考えても、素手で鉄パイプの洗礼を受け流せるわけがないのだが。

「やめろ、おまえら！」

太い声が、林の空気を揺《ゆ》るがす。史郎と鉄パイプの男を取り巻くように集まっていた連中の背中に、ビクビクッと震《ふる》えが走った。

「——ヒーローの登場はいつも、危機《きき》一髪《いっぱつ》ってタイミングなのかな」

視線を動かす。広い肩《かた》をした影《かげ》と、もう一つ、小柄《こがら》な影が木立の間を走ってくる。

「あれ、ちょっと予想外だったりして——」

男たちが構え直す前に、史郎は身を翻《ひるがえ》し、地面に転がっている折畳《おりたた》み式スコップを拾い上げると、陽介のほうに放った。

「大丈夫《だいじょうぶ》か、史郎」

スコップを受け止め、構える陽介。

「陽さんが来てくれると信じてたからね」

言いながら、陽介の背後に回り込む。

「刃物《はもの》を持ってる奴《やつ》もいる」

「そうか」

「でも、スコップは相手に対して平行にして使ってよ。垂直にしちゃったら、刃物。平行にして使ってる限りは、平手打ちの延長」

「そうだな」

じりっと間合いが詰《つ》まる。次の瞬間、スコップが空気を裂《さ》いた。

「いやあ、助かったよ、陽さん」

武装解除した七人をロープで縛《しば》り上げると、史郎は礼を言った。

「そうか」

「うん。だけど、解《わか》らないことが二つあるんだ」

ポケットから、携帯《けいたい》電話を出す。

「一つは、僕が救援《きゅうえん》を頼《たの》んでから、あまりにも短時間でこの場所に現われたこと。近所でデートしていたんだとしてもね。それから——」

固い表情で成行きを見守っていた美春のほうを指差す。

「もう一つは、出雲さんがいっしょだってこと」

「そうか」

陽介は、太い指でしばらく頭を掻《か》いていたが、ほうっと一つため息をついた。

「呼び出される前から、俺はおまえに会うために、ここを目指してたんだ」

「どうして？　予定にはなかったはずだよ」

「いや、出雲が、俺のいちばんのお宝を見たいって言うから」

盛大にコケたのは美春である。

「陽さん……」

「史郎……」

目の前で臆面《おくめん》もなく手を取り合い見つめ合う二人を、いますぐ土に埋《う》めてしまいたいという衝動《しょうどう》を抑《おさ》えるのに苦労する美春だった。


「まあ、手順は多少予定と違《ちが》っちゃったけど、目的は果たせそうだね」

史郎は何事もなかったかのように、地面に転がる七人の横に立った。

「陽さん、このなかでいちばん強い奴って、誰《だれ》だろう？」

「そいつだな。鉄パイプで剣道《けんどう》する奴」

史郎を追い詰めた男を指差す。

「了解《りょうかい》」

ロープを摑《つか》むと、最初に掘《ほ》った穴のところまで引きずっていき、そのまま放り込む。

「四月とはいえ、土の下は冷たいだろうなあ」

言いながら、史郎は陽介の手からスコップを取った。

「ちょっと、嵯峨くん、何をするつもりなの？」

ただならぬ雰囲気《ふんいき》を感じた美春が声をあげる。

「もちろん、埋めるんですよ。抵抗《ていこう》されると面倒《めんどう》な奴から、順に土の下へ」

美春に答えながら、すでに土にスコップを入れ、穴の中へと放り込む史郎。

「や、やめろ、バカ野郎《やろう》！」

「バカと言ったな？　僕のことをバカと言ったな？　よーし、何も言えなくしてやる」

史郎の手が早くなる。土が顔にでもかかったか、悲鳴と呻《うめ》き声があがる。

「やめろ、やめさせてくれ！」

地上に残った六人のうち、リーダーらしきガラガラ声の男が、美春と陽介を交互《こうご》に見ながら、必死になって頼み込む。

「ちょっと、堀田くん、ほんとうにやめさせないと――」

「どうする、史郎？」

美春が学生服の袖《そで》を掴んで揺さぶると、陽介はのんびりした声で史郎に尋《たず》ねた。

「埋める。理由もなく、いきなり遺跡《いせき》を壊《こわ》したり、人が発掘《はっくつ》したものを強奪《ごうだつ》しようとしたり、鉄パイプやナイフで襲《おそ》いかかったりする奴は、放っておくと、危険きわまりない。断固として、埋める」

答えている間も、史郎の手は止まらない。

「そうだな。昨夜も警告したのに、ぜんぜん反省してないんだな、こいつら」

「そう、だから埋める。――陽さん、そろそろ二人目いこうか」

気のせいか、助けを求める声がだんだん聞こえにくくなってきたようだ。

「やめなさい、二人とも！　――あなたたちも、謝りなさい。そうじゃないと、みんな埋められちゃうわよ！」

美春の金切り声に、地上の六人は口々に謝罪の言葉を吐《は》いた。吐き散らした。

「陽さん――」

史郎が手を止め、スコップを陽介に渡《わた》す。陽介はスコップの刃先《はさき》を、地べたのリーダーの喉《のど》元《もと》に突《つ》き付けた。

「おまえらの狙《ねら》いは何だ？」

低い、腹の底に響《ひび》くような声だ。だが、リーダーは答えない。

陽介は、黙《だま》って手近な地面にスコップを突っ込み、掬《すく》い上げた土をリーダーの顔にかけた。

「助けてくれ！　俺たちは、頼まれただけなんだ！」

「誰に？」

逡巡《しゅんじゅん》し、口をつぐむリーダー。だが、再びスコップが地面に突き立てられると、目を見開いて、喚《わめ》き始める。

「武藤《むとう》だ、武藤の奴《やつ》に頼《たの》まれたんだ！　掘り返しちゃいけないものを、掘り返そうとしてる奴がいるから、邪魔《じゃま》しろ。もしも掘り出されてたら、もう一度、深く埋め直せって、そう頼まれたんだ。武藤の奴が――」

「武藤って、武藤久美《くみ》？」

明瞭《めいりょう》な声で史郎が訊《き》く。まるで救いを求めるように、リーダーが何度もうなずいた。

「そうだ、武藤久美に頼まれたんだ」

「武藤久美は、いつもどこにいる？」

よく行くゲーセンなどの名前が出る。

「はい、ありがとう」

史郎の声が合図であったかのように、陽介はスコップを肩《かた》に担いだ。リーダーが大きなため息を漏《も》らし、残りの五人もそれに続いて緊張《きんちょう》を解いた。

「史郎？」

「荒木さんのグループの一人だよ。これで、事件の焦点《しょうてん》がタイムカプセルにあることはほぼ確実になったね」

「ちょっと！　堀田くん！　嵯峨くん！」

それまで取り残された感じだった美春が、たまりかねて叫《さけ》ぶ。

「どういうことなのよ？　それに、どういうつもりなの？　いくら暴力沙汰《ぼうりょくざた》を起こした人間だからって、生き埋《う》めにしていいわけないでしょ！」

「いや、完全黙秘《もくひ》を決め込んでる人間の口を割るのに有効な方法なんですよ。グループでいちばん強そうな奴から血祭りにあげるっていうのは。これが戦争なら、小屋にでも閉じ込めて、

「それなら、バラせばナップサックの中に入るし、掘った穴の中で簡単に組み立てられるし、ナイフをバケツに突き立て、引く。〝バケツ〟は呆気《あっけ》なく切り裂《さ》かれ、中身を見せた。バケツと見えたものは、針金の枠《わく》にビニールシートを張り付けただけの代物《しろもの》だった。

「まったく、こんなちゃちなフェイクで、あたしたちを引っ掛《か》けるつもりだったとはね」

振《ふ》り向くと、革ジャンを着た小柄《こがら》な人影《ひとかげ》が立っていた。片手に、水色のポリバケツをぶら下げている。彼女が、発掘現場を荒《あ》らしたり、史郎たちの妨害《ぼうがい》をしたりするように頼んだ武藤久美という少女なのだろうか。

「あんたにとって、こいつらが〝お宝〟だって言うなら、《お宝発掘部》としては、いつでも相談に応じる準備はあるつもりだよ。──武藤久美さん？」

慌《あわ》てた美春が止めるより早く、別の声──澄《す》んだ少女の声が割り込んだ。

「もしも、行方《ゆくえ》不明になったそいつらを探してくれって頼んだら、見つけてくれるのかい、通称《つうしょう》《見つけ屋》さん？」

「──やっぱり埋めようか、陽さん？」

「だけどな、史郎、こいつら、放っておくのか？　せっかく掘《ほ》った穴をめちゃくちゃにしたんだぞ」

恐《おそ》ろしいことをさらりと言ってのける史郎だ。

火を点《つ》けちゃうらしいんですが」

遠目には本物のバケツと見分けがつかないだろ？　グッドアイディアだと言ってほしいな。実際、お仲間たちは引っ掛かったわけだし。――まあ、僕の名演義があるとしても」

その割には、堀田くんが駆《か》けつけなきゃ危ないとこだったじゃない――。内心で突っ込みを入れる美春だ。

「まあ、いいさ。昨夜はカプセルと見つけ屋が関係あるかどうかはっきりしなかったけど、これで判《わか》ったからね」

「史郎……」

「藪蛇《やぶへび》、かな」

切り裂かれたカプセルの偽物《にせもの》が、史郎たちのほうに投げつけられる。

「本物のカプセルは、絶対に掘り返させない。絶対だ！」

言い捨てると、久美は身を翻《ひるがえ》して草むらを乗り越《こ》え、道のない斜面《しゃめん》を駆け下りていった。ほどなく、エンジン音が響く。

「――こんな時に限って、電話に出られない状態か……」

史郎は携帯《けいたい》電話をいったんしまった。

「陽さん、悪い、先行して。武藤久美が荒木さんに危害を加える可能性がある。電話でも連絡《れんらく》してみるけど、万一の場合を考えると、陽さんに行っててもらったほうが心強い」

「そうか」

久美の後を追うようにして、陽介も走り出す。バイクよりは遅《おそ》いだろうが、昨夜見せたような、道のないところでも構わずに突《つ》っ走《ぱし》る勢いがあれば、意外に差をつけられずに済むかもしれない。

「僕たちも、撤退《てったい》しましょう」

陽介を見送った史郎は、暴走族（ヘルメットを脱《ぬ》がせてみれば、ほとんどが高校生らしい少年ばかりだった）から取り上げたナイフを、一本ずつ、別々の方向に投げた。生《お》い茂《しげ》った草むらの中、斜面の下、ハイキングコースの向こう……。刃物《はもの》は見えなくなる。

「ナイフを回収して、ロープを切る。不屈《ふくつ》の意志とチームワークがあれば、簡単でしょう」

手足を縛《しば》られた状態では、ナイフのあるだろう場所まで行くこと自体がまず難しい。それから、あたりがだいぶ暗くなってきたので、ナイフを見つけるのも大変だろう。見つけたナイフの畳《たた》まれた刃《は》を引き出し、ロープを切る――。不可能ではないにしろ、並々ならぬ不屈の意志とチームワークが必要になるのではないか。

「そうそう、この熊尾山は、その名のとおり、いまでもときどき熊《くま》が出るから、夜になる前に下山したほうがいいですよ。――僕たちも、急ぎましょう」

大声で助けを求め始める少年たちには見向きもせず、史郎は美春の肩《かた》を抱《だ》くようにして雑木林から出ると、ふもとへの道を急ぎ始めた。

「ほんとなの、熊が出るって？」

「嘘《うそ》です。熊の尾《お》みたいに丸っこい形をしてるから、熊尾山」

けろりと、それこそ舌でも出しそうな顔で答える史郎。

――嵯峨くんって、けっこうサディスト……？


「それで、嵯峨くん――」

「デートは楽しかったですか？」

気を取り直して話しかけた美春だったが、いきなり出鼻を挫《くじ》かれる。

「出雲さんと陽さんがどんなデートをしたのか、ちょっと想像がつかないというか、想像すると笑えるというか――。失敬」

「ご明察」

「ひょっとして、堀田くんがあたしを誘《さそ》ったのは、嵯峨くんの差し金？」

悪びれた様子もなく、史郎は携帯電話のリダイアルを繰《く》り返している。

「どうして――」

「いえ、陽さんは、最初に会った時から出雲さんのことを気にしていたみたいなんで、ちょっと肩を押《お》してあげただけなんですけど」

予想外の返事に、少しだけ顔が赤くなる。

「嘘でしょ」

「ほんとです」

「だいたい、嵯峨くんは、こんな山のなかで何をこそこそやってたのよ。危うくケガ人が出るとこだったじゃない」

「ちゃんと陽さんには注意しましたよ。スコップは垂直にするなって」

「じゃあ、荒木さんって誰《だれ》？　武藤久美って何なの？　カプセルって何のこと？　昨夜のことも関係あるんでしょ！　ひょっとして、先週の発掘《はっくつ》自体が、何か別の目的を隠《かく》すために仕組まれてたんじゃないの？　《見つけ屋》の仕事みたいなことを言ってたし、答えなさい！」

知らず知らずのうちに詰問《きつもん》口調になっていた。

史郎は視線を逸《そ》らし、細くため息をついた。

「――出雲さんは、夢ってもってますか？」

改めて〝夢〟などと言われると困る（なにしろ、「ロマン」「ロマンス」「ロマンチック」が嫌《きら》いな人間だし）が、こうなったらいいなと思う程度のことはある。例えば、剣持薫ともっと親密になりたい。できれば、同じ大学に進みたいし、そして、そして……。

「あのー、出雲さん？」

――そうよ、剣持さんと親密になるために、クラブの実態調査で好成績を上げて、茶道部にも復帰しなくちゃいけない。そのためには、まず――。

決意も新たに向き直ると、史郎の穏《おだ》やかな笑顔が迎《むか》えた。

「出雲さんは、《お宝発掘部》の設立趣意書《しゅいしょ》、覚えていますか?」

また、勢《そ》いを削がれる。確か、他《ほか》のクラブのそれと同様、実態調査の資料として渡《わた》されたコピーのなかにあったはずだ。当然、二人に接触《せっしょく》する前に目を通して、何か呆《あき》れた覚えはあるのだが、どのような内容だったのかは思い出せない。

「やっぱり、忘れられちゃいました? 自分ではいまでも名文だと思ってるんですけどね」

背中のナップサックからノートパソコンを出して開くと、史郎は文書を呼び出し、画面を美春のほうに向けた。

『ヒトもモノも情報も溢《あふ》れている現代。豊かさの陰《かげ》で、逆に少なくなってしまったもの、失われてしまったものがあるのではないでしょうか? 現代に失われてしまった大切なもの、それは〝ロマン〟だと思います。あるいは〝夢〟と言い換《か》えてもいいでしょう。普段《ふだん》は踏《ふ》んづけているだけの地面の下に太古の遺跡《いせき》が埋《う》まっているのではないか? あの海の彼方《かなた》には財宝の隠された島があるのではないか? 教室にぼんやりと座っているだけの自分のなかにも、まだ見ぬ才能が埋もれているのではないか? そんなふうに考えてみるだけで、見馴《みな》れた風景もいままでとは違《ちが》った輝《かがや》きを帯びて見えてくるでしょう。埋もれた〝夢〟という名前のお宝を発掘せよ! その手にロマンを取り戻《もど》すために——』

日付は四年前。つまり、当時まだ中学一年生だった嵯峨史郎が書いたということだ。思い出した。これを読んだ美春は、一三歳の男の子が、どんな顔をしてこんな文章を書いたのかと呆れたのだった（「ロマン」という単語も出てくるし）。

「これと、今度の騒《さわ》ぎに、どういう関係があるわけ？」

「結局ね、夢がなくなっちゃったわけじゃない、僕が夢を見ることをしなくなっただけだ、夢を見る方法を忘れているんだ、いや、最初から夢の見方を知らなかったんじゃないか──。そう気付いたんです」

「夢の、見方？」

「もともと、〝夢〟とか〝愛〟とか〝熱血〟とか〝根性〟とかいった抽象《ちゆうしよう》名詞を万能の切り札にするのは嫌《きら》いだったから、気付くのが遅《おく》れたみたいですけどね。だから、夢の見方を勉強し直そうと思ったんです。他人《ひと》さまの〝夢〟とか〝ロマン〟につき合ってみることで。それでも、何の裏付もない、『言うだけはタダ』の夢なんてものには興味がないんで、何等かの意味で実体をともなった〝夢〟に限定させてもらっていますけどね」

「だから……だから、嵯峨くんは〝お宝〟が埋まってないと厭《いや》なんだ……」

どこか照《て》れ臭《くさ》そうな表情で史郎がうなずく。

これまで史郎が断片的に語ってきたこと。森助教授の評価。どちらも正しいのだ。夢がなくなったことを、自分が夢の見方を知らないためではないかと思い、他人の夢探しに協力することでその方法を得ようと考える。当人にとっては真剣《しんけん》で切実な願いなのかもしれないが、角度を変えて見れば、馬鹿《ばか》げている。馬鹿馬鹿しくて涙《なみだ》が出そうだ。

——でも、そんな馬鹿なことを考える人だから、他人の夢を馬鹿馬鹿しいって笑い飛ばすこともしないのかも……。

「解《わか》らない人は、絶対に解ってくれませんけどね。——そういうふうに割り切っちゃうから、夢の見方が解らないのかもしれないな」

——実態はともかく、嵯峨くんたちがやろうとしていることは解った——ような気がするけど、でも、どう報告すればいいのかしら……？

「あ……つながった」

美春と会話し、ときにはノートパソコンで文書などを見せながら、史郎は延々とリダイアルを続けていたらしい。

「荒木さんですか？　お宝発掘部の嵯峨——」

言葉が途中《とちゅう》で切れ、足が止まる。

「——どうしたの？」

ただならぬ様子に、美春は史郎の顔を覗《のぞ》き込んだ。細い眉《まゆ》の間に縦皺《たてじわ》がよっている。史郎は片手を上げて美春を制し、電話の相手の言うことにじっと耳を傾《かたむ》けているようだった。

「——解った。連絡《れんらく》は、この番号に入れればいいのかな？　——了解《りょうかい》。また後で」

史郎は電話を切った。

「とにかく、駅まで行きましょう」

何事もなかったかのように言い、歩き出そうとする史郎。美春はその前に両手を広げて立ち塞《ふさ》がった。

「何かあったんでしょう、その、荒木さんって人に」

史郎は答えない。

「堀田くんに連絡しなくていいの？」

「それは、まあ……」

「だったら、すぐに電話しなさいよ。早く！」

「いや、ひょっとしたら何もしなくても、陽さんがスコップ一本で解決してるかも——」

「電話！」

「駄目《だめ》です」

落ち着いた表情のまま、しかしきっぱりと史郎は言った。

「何が起きたのか、あたしに知られたくないわけ？」

「まあ、そうですね」

「だって緊急《きんきゅう》事態——」

「最初に出雲さんが来た時、言ったはずです。たとえクラブ活動であっても、守るべきルールがある。依頼人《いらいにん》の秘密に類することは、部外者には教えられません」

「あたしは部員——」

「届け出をするまでは仮入部です」

さらりとした断言だが、反論を受け付けそうにない、というより美春には反論が思い付かなかった。

――ああ、あたしってやっぱり頭悪いわ……。

「そういうわけですから――」

「いいわよ。荒木さんに電話して、直接訊《き》く」

頭を抱《かか》えてしゃがみ込んでいた美春だが、気力を振《ふ》り絞《しぼ》って、というより開き直って立ち上がった。

「電話するって、荒木さんの電話番号なんか知らないでしょ？」

再び頭を抱えてしゃがみ込む美春。

――ああ、どうして？　学校の成績なら中の上のやや下くらいなのに……。

「まあ、そういうわけですから、きょうのところは素直に帰ってください」

「――そうだ！」

今度は飛び上がるようにして立つ。

「堀田くんに電話しちゃうもん。電話して、『荒木さんに何かあったみたいだから、嵯峨くんに訊いてみて』って言うもん。堀田くんに訊かれたら、嵯峨くんも答えないわけにはいかないわよね？」

自分の携帯《けいたい》電話を振りかざし、史郎に詰《つ》め寄る。

「——判《わか》りました。その代わり、邪魔《じゃま》はしないでくださいね」

携帯電話のボタンを押《お》す史郎。

「陽さん？　緊急事態。武藤久美が、荒木さんを拉致《らち》した。要求はカプセルの引渡《ひきわた》し。電話があってから五分も経《た》ってないんで、ちょっと調べてみてくれる？　あいつらが言ってた、よく行くゲーセンとか。その後で電話して。——はい、はい、よろしく」

さっきとは対照的に、ほとんど史郎が一方的にしゃべって会話は終わった。

「拉致って、大変じゃない。警察に——」

「それはできません」

「どうして？　まさか、《見つけ屋》の仕事で料金が取れなくなるから、とかいうんじゃないでしょうね？」

「お金が欲しければ、もっと効率がよくて確実な方法を選びますよ」

「じゃあ、何故《なぜ》——」

「警察なら、二人の居場所は見つけられるでしょうね。でも、荒木さんは、それを望んでいないと思います」

「荒木さんって、さらわれた人でしょ？」

「同時に、武藤久美の友だちでもあります」

「——友だちが、友だちをさらって人質にするの？」

「そのへんの事情は、いずれ当人たちの口から聞かせてもらえると思ってますが」

史郎はまた歩き始めた。美春も後に続く。

「——そうだ、こっちもさっきの暴走族を人質にするっていうのはどう？　向こうは一人だけど、こっちは七人もいるんだから、有利に交渉《こうしょう》を進められるんじゃない？」

「人質交換《こうかん》ですか？　出雲さん、意外に過激ですね」

言われて、顔が赤くなる。

——剣持さん、信じてください、出雲はそんなに過激な女じゃないです！

お宝発掘部にかかわって以来、自分で自分に対して抱《いだ》いていたイメージが次々に壊《こわ》れていくような気がする。

「しかし、二人が携帯電話の番号を教えるほど仲良くなってるとは思わなかったな。けっこう楽しいデートだったみたいですね」

「堀田くんの番号なんて知らないわよ、あたし」

「知らない？」

「うん。ああ言えば、嵯峨くんも諦《あきら》めるだろうって思って、ハッタリ」

今度は史郎が頭を抱えてしゃがみ込む番だった。

陽介の探索《たんさく》は、芳《かんば》しい成果を上げることはできなかった。

いったん、クラブ棟《とう》の屋上に集まることにする。

「なんで出雲がここにいるんだ？」

「深く追及《ついきゅう》しないでよ。僕だって辛《つら》いんだからさ」

「何が辛いのよ！」

「………」「ごめんなさい」

「とにかく、あなたたち二人に任せておくと不安でしょうがないから、あたしもつき合います。これ以上は駄目《だめ》だと判断したら、警察に連絡《れんらく》する。――いいわね？」

「はい」

「史郎がいいなら、俺もいい」

「……一つ訊いていい？」

「何です？」

「堀田くんと嵯峨くんって、お互《たが》いが〝お宝〟なわけ？」

「もちろん。無二の親友、すなわち得難い宝。出雲さんには、そういうオトモダチはいませんか？」

史郎の言葉に、自分の友だちの顔を思い浮《う》かべている。人並みに友だちは何人かいるが、親友と呼べるのは誰《だれ》と誰だろう？

「親友と友だちって、どこが違《ちが》うんだ、史郎?」

「さあ? 愛情の深さかな——」

「とにかく!」

放っておくと、話があさっての方向へ行ってしまいそうなので、美春は強制的に会話の軌道《きどう》を修正した。

「なんでこういうことになったのか、説明するのが第一でしょ」

「そうだな」

「コーヒーもはいったことですし——」

史郎はカップを配り、それからノートパソコンを広げた。

「そもそものはじめは、一年Δ組の荒木さんから、三年前、小学校の卒業記念に埋《う》めたタイムカプセルが、宅地開発でどこに埋めたのか判らなくなってしまったので見つけてほしいという依頼《いらい》があったことです」

説明を聞きながら、メモをとる美春。

「カプセルっていうのは、そのことだったのね。ひょっとして、それを埋めたのが熊尾山?」

「そうです。ハイキングコースからちょっと外れた雑木林ということで、陽さんと僕が調べてみましたが、発見には至りませんでした」

土曜の夜中の不審《ふしん》な行動について史郎が説明する。

「三番めの林も調べたのか？」

「うん。フェイクも用意したけれど、僕が掘《ほ》っていたのはいちおう可能性のある場所だったんだ。だけど、出てこなかった」

熊尾山一帯の地図が表示されていたノートパソコンの画面に、今度はモノクロの写真が現われる。ポリバケツを囲んで立つ、小学生くらいの子どもが六人。

「野口信夫くん、この真ん中に映っている男の子がカプセルの発案者です」

信夫は、通信教育講座の月報の特集記事を読んでタイムカプセルを埋めることを思い立ち、友だちと実行した。そして、その時の写真を月報の編集部に送った。

「野口くんから時計回りに、戸部芳清《よしきよ》くん、鹿島恵里香《えりか》さん、荒木真理子さん、相沢稔《あいざわみのる》くん、武藤久美さんになります」

ごていねいに、写真の上にテロップが表示される。

「つまり、荒木さんと、武藤って娘《こ》は、タイムカプセル仲間ってこと？」

「はい。武藤さんの言葉からすると、今回の事件の原因、もしかしたら、荒木さんの依頼そのものも、カプセルの中身に理由があるのかもしれません」

「依頼に来た時、中身については何も言ってなかったの？」

「それぞれ別個に包装した品物をバケツに詰《つ》め込んだんで、中身が何なのかについては、本人しか知らないそうです。そのほうが、開けた時の楽しみが大きいからって」

「クリスマス会のプレゼント交換みたいなものね」

「荒木さん本人はハムスターの縫《ぬ》いぐるみだって言ってましたが」

箇条《かじょう》書きにしたメモの内容を、もう一度、見直してみる。——何も浮かばない。

「言い出しっぺの野口、庭に埋めようとした戸部、文学少女の鹿島……」

名前をそらんじながら、陽介が太い指を折っていく。

「そして荒木さんと、武藤さん。残った一人、相沢くんが気になるね」

二人の女の子に挟《はさ》まれるようにして立っている、ちょっとハンサムな男の子。

「他《ほか》の人たちの連絡先は解《わか》るの？　だったら、話を聞いてみたら？」

史郎と陽介は顔を見合わせた。

「何、それも依頼人から禁じられてるとか言うの？」

「ええ、まあ、いちおう……」

「ちょっとね、嵯峨くん、そんな石頭なこと言ってないで、少しは融通《ゆうずう》を利かせなさいよ。いいの？　自慢《じまん》じゃないけど、あたしに〝石頭〟って言われるなんて、そうとうにコチコチってことなのよ。解ってる？」

史郎が苦笑を浮かべる。

「実は、荒木さんと約束したのは、さっき陽さんが挙げた三人のところに話を聞きに行かないってことで、武藤さんや相沢くんはそのなかに入っていないんですよ。——詭弁《きべん》というか、ほとんど反則ですけどね」

「でも、武藤さんに話を聞くってわけにもいかないでしょ？」

「実は、相沢くんが気になっているっていうのには理由があるんです」

史郎は、荒木真理子から聞き出したタイムカプセルの特徴《とくちょう》のメモを画面に呼び出した。

「バケツに何か特徴はないかって話になって、荒木さんに書いてもらったんですよ、日付とか、TIME CAPSULEとか。その時、カプセルを埋めた人の名前を書こうとして、荒木さんは手を止めたんです」

「それがどうかしたの？　みんなの名前を思い出せなかっただけのことじゃないの？」

「もちろん、そういう場合もあるでしょうね。でも、ふつうだったら、自分の名前、覚えている人間の名前だけでも書いたうえで、あと何人か思い出せないっていうことになりませんかね。荒木さんの名前は、アルファベット順、五十音順、どちらで書いても最初のほうに来ます。それなのに、書かなかった。実は、自分より前に来る相沢くんの名前を覚えていたのに、その名前を出したくなかったんじゃないか――。そんなふうに考えられませんかね？」

「なるほど。じゃあ、相沢くんに連絡《れんらく》をとってみる、と」

「もっとも、こんな寄せ書きみたいなものをきちんと順番に書くかどうかは、疑わしいかもしれませんが」

「自分で言ったことのあげ足を自分でとらないでよ！」

「――掘ろう」

それまで黙《だま》って史郎たちの話を聞いていた陽介が口を開いた。

「掘ろう、史郎。カプセルの中身も、書いてある名前のことも、掘れば判《わか》る」

「そりゃ、確かにそのとおりなんだけど、本気だね、陽さん？　後で文句を言わないでよ」

「おう」

「それから、出雲さん、もう遅《おそ》い時間ですから、帰ってください。あいつらが逆襲《ぎゃくしゅう》してくるとも思えませんけど、念のためです」

美春は携帯《けいたい》電話を取り出して、自宅にかけた。友だちの家に泊《と》まるから――。唐突《とうとつ》な申し出だったが、親は戸惑《とまど》いながらも信じたようだ。

――はあっ、果てしなく悪い子になってくなあ、あたし……。

「では、行きましょうか。最後に残った、タイムカプセル埋蔵《まいぞう》場所候補地に」


「何、これ？」

美春は思わず声を出していた。熊尾山を大きく回り込んだ、美春たちが知っているのとは反対側。道よりも一段高く盛り上がった、不自然に平らな空き地。

「このあたりの開発は手続きがいい加減だったらしいんですよ。上のほうを崩《くず》して、造成工事をした時に、出た残土をここに積み上げて整地したんです。元はここにも雑木林があったんですよ。何を建てる予定だったのかは不明ですが」

「だけど、ここの、どこを掘《ほ》るわけ？」

土曜の夜中に出掛《でか》けた史郎たちは、樹と樹の間とか、その場の条件を観察し、バケツを埋《う》められる場所を絞《しぼ》り込んでいた。しかし、目の前の空き地は、以前は雑木林だったにしても、いまはただ土しかない。そのうえ、かなりの広さだ。優に小学校の校庭くらいはあるのではないだろうか。しかも、元の地面の上に、工事現場から出た要《い》らない土砂が載《の》っかっているわけだから、カプセルを見つけるために掘らなければならない深さも半端《はんぱ》ではないはずだ。

「とりあえず、荒掘《あらぼ》りの要領で、残土を引っぺがしてよ、陽さん。樹は切り倒《たお》されているけど、痕跡《こんせき》は残っているから、それを手掛《てが》かりにカプセルの埋蔵地点を特定しよう」

「全部……全部掘っていいのか？」

「手掛かりが見つかるまでね」

「よし、掘るぞ」

むしろ嬉々《きき》として、陽介はスコップを揮《ふる》い始めた。ダンプカーが何度も往復して捨てていったただろう土を、大きいとはいえスコップ一本で全部引き剝《は》がそうというのか。

――むちゃよ。むちゃくちゃよ、お宝発掘部！

「どうします？　スコップの予備なら、ありますよ」

史郎が小型のスコップを一本、差し出している。もう一本、反対の手に持っているところを見ると、自分でも掘るつもりなのだろう。

「あっち向いてて。こっち見ちゃダメだからね」

史郎に言うと、美春は念のために持ってきたスポーツバッグの中からトレパンを引っ張り出して、スカートの裾《すそ》を持ち上げるようにして穿《は》いた。それから、注意してスカートを脱《ぬ》ぎ、バッグの中にしまう。

「いいわよ。スコップ貸して」

史郎からスコップを受け取ると、陽介からは少し離《はな》れたところに行き、思いっきり地面に突《つ》き立てた。陽介を挟んで反対側で、史郎も掘り始めたようだ。

——あーあ、どうしてこんなことになっちゃったのよ！

「汗《あせ》かいたら、これで拭《ふ》いてください」

タオルを手渡《てわた》され、首にかける。指定服の上着にトレパン、首にはタオルという格好でスコップを揮う美春。最初に陽介から「掘れば解る」と言われて思い浮《う》かべたビジュアルと、ほとんど変わらない。

反省メモにつけておかなければと思ったが、何と書いたらいいのか、見当もつかなかった。

——ううっ、このまま、地球の裏側に届いちゃうんじゃないかしら……。

ほとんど半べそをかきながら、ひたすら地面を掘っていた美春に比べて、史郎は土の様子などを観察しながら作業を進めていたらしい。

「陽さん、こっち掘ってみて」

「おう」

陽介も元気だ。

——何食べたら、あんなに元気なのよ！　炒飯《チャーハン》？

持ち上がらなくなった腕《うで》でスコップを引きずるようにして、陽介たちのほうへ行く。史郎のライトで照らされた場所に、スコップを突き立て続ける陽介。

「あんまり勢いよくやらないようにね、陽さん。ポリバケツじゃ、蓋《ふた》くらいぶち破っちゃう危険があるからね」

「そうだな」

カプセルが埋まっている可能性はかなり高いのだろうか。美春もいつしか息をひそめ、胸の前で手を握《にぎ》っていた。——マメがひりひり痛む。

かなりの時間が経《た》った。穴もけっこうな深さになる。べこん。土とは異質な音がした。史郎が移植鏝《ごて》のようなものを手にしゃがみ込み、スコップが行き当たった物から慎重《しんちょう》に土を退《ど》けていく。

懐中《かいちゅう》電灯の黄ばんだ光に照らされた土の間から、人工的な水色が覗《のぞ》いている。史郎が鏝を動かすごとに、水色の面積は広がっていく。いや、黒い線が走っている。文字か？

「T……I……M……E……CAP……SULE。間違《まちが》いない、陽さん、やって」

「よし」

カプセルの位置を確認したところで、今度は周囲の土を取り除《の》けていく。カプセルを傷つけないように注意を払《はら》いながら、しかし、掘り出される土は大量だ。

「――あたしも！」

見ているだけではがまんできなくなった美春は、陽介の反対側から土を退け始めた。持ち運ぶための取っ手が、蓋と本体をピッタリ塞《ふさ》ぐために貼《は》られたテープが、だんだんと姿を現わしてくる。胸がドキドキする。手に力がこもる。さっきまで、肩《かた》の高さにさえ上がらないと思っていたのに。

「よし、ここまで掘れば大丈夫《だいじょうぶ》だろう。――陽さん、引っ張り出そう」

「そうだな」

スコップを脇《わき》に置き、しゃがみ込んだ陽介と史郎が、バケツの取っ手に手をかける。

「せーの、せっ！」

最初のうち少し抵抗《ていこう》があったものの、バケツはあっさりと地中から引き抜《ぬ》かれた。そのまま、壊《こわ》れ物を扱《あつか》うような手つきで地面に置く。

「やった……やったのね、堀田くん、嵯峨くん！　お宝発掘、大成功じゃない！」

疲《つか》れが吹き飛《ふ》ぶどころか、躍《おど》り出したくなるような感動だった。

「あの、僕は構わないんですけど、陽さんの体温が上がってるみたいなんで、抱《だ》き付くのはやめたほうが――」

「キャーッ、ごめんなさい！」

慌《あわ》てて離れる。陽介の体温がどの程度上がったのかは判《わか》らないが、美春の体温も、それに負けず劣《おと》らず急上昇《じょうしょう》したようだ。

――許してください、剣持さん！　出雲はちょっと疲れてたんです！　それだけです！　出雲には剣持さんしかいません！　信じてください！

心のなかで謝り倒した後で、美春は泥《どろ》に汚《よご》れたバケツの表面を手で拭《ぬぐ》った。蓋と同様、TIME CAPSULEという文字が書き込まれている。そして、荒木真理子たちの名前が。

「――ねえ、嵯峨くん、これ、どういうことかしら？」

「どうしました？」

美春が指差したところを、史郎がライトで照らす。荒木真理子の名前の上に書かれた「相沢稔」の文字が二重線で消され、その脇にやや小さな文字が書かれていた。「阿久津《あくつ》稔」と。

# 4

「秘密の取引らしい格好で決めてみました」

「タイムカプセルはどうした？」

手ぶらで現われた陽介たち（学ランにスコップの陽介と、黒いレザーの上下にミラーのサングラスの史郎）を見て、武藤久美は眉《まゆ》をひそめた。

「荒木さんの無事を確認《かくにん》してからでないと、カプセルは渡せないな。それに、僕たちは最初に荒木さんの依頼《いらい》を受けている。行方《ゆくえ》不明のタイムカプセルを見つけ出して欲しいってね。依頼人の許可を得ないで、僕たちが勝手にカプセルを君に渡《わた》すわけにはいかない」

にこやかに答える史郎。久美は舌打ちした。

カプセルを発掘《はっくつ》した翌朝、史郎はいちばんに久美に電話をした。そして、カプセルと荒木真理子の身柄《みがら》の交換場所と時刻の指示を受けた。お決まりの高架線《こうかせん》下に、午後二時。

陽介たちが素直にカプセルを渡さないと知ると、久美は片手を上げた。潜《ひそ》んでいた暴走族の少年たちが現われ、二人を取り囲む。そのうちの一人が、荒木真理子を捕《つか》まえていた。

「いやあ、熊に齧《かじ》られなくて何よりでしたね」

少年たちが懐《ふところ》から得物を取り出して構える。対抗《たいこう》して陽介もスコップを構えた。

「言うまでもないことだけど、荒木さんに万一のことがあったら、カプセルは永久に手に入らなくなるから、そのつもりで」

史郎の言葉に、久美は笑い出した。

「そいつはありがたいや。そうしてもらえれば、こっちも助かる。あんなもの、永久に出てこないほうがいいんだよ」

「ああ、やっぱりそうか」

久美の笑い顔が強《こわ》ばる。

「そんなことじゃないかと思ってたんで、カプセルは厳重に保管してある。それも、最も効果的な方法でね」

今度は史郎が片手を上げた。土手の上から、ポリバケツを囲む一団が現われて、陽介たちのほうへ小走りにやってくる。

「野口……戸部……鹿島……」

実は、深い罪悪感に苛《さいな》まれながら授業を抜け出して陽介たちにつき合ってしまった美春もいっしょなのだが、あいにくと久美は美春を知らなかった。

「指定された時刻が午後二時でよかったよ。別々の学校に行った野口くんたちに集まってもらうだけの時間的余裕《よゆう》があったからね」

史郎が上げていた片手を肩の高さまで下ろすと、四人は一五メートルほどの距離《きょり》をおいて止まった。

「荒木さんを解放してもらおうか」

「カプセルをよこせ」

陽介たちと、カプセルを守る四人と、どちらを狙《ねら》ったらいいのか判断をつけかねているのだろう、暴走族たちに戸惑《とまど》いが感じられる。

「――ごめんなさい、荒木さん。みんなには緊急《きんきゅう》事態ということだけしか話してありませんが、でも、発見して掘《ほ》り出したカプセルを、そのまま別の場所に埋《う》め直すのか、それとも開けてしまうのか、みんなと相談して決めるって言ってましたよね？　ですから、勘弁《かんべん》してください」

血の気を失った顔で、真理子がうなずく。

「こんなことになった原因はカプセルの中にあるみたいなんだけど、どうだろう、よかったら、開けてくれないかな？」

史郎の言葉に、少年たちは顔を見合わせていたが、やがて、うなずき合った。眼鏡をかけた利発そうな少年が、仲間を代表するように、蓋《ふた》を留めてあるテープを剝《は》がし始める。

「やめろ、野口！　荒木がどうなってもいいのか！」

久美がナイフを抜き、真理子の首筋に突《つ》きつける。野口信夫は手を引っ込めた。

「――じゃあ、もっとふさわしい人にやってもらおうかな」

ピューッと甲高《かんだか》い音がする。史郎が指笛を吹いたのだ。土手の向こうから、小走りにもう一人が現われる。やや線の細い感じのする、ハンサムな少年——。

「相沢……」

声を漏《も》らしたのは久美だけではなかった。野口信夫も、仲間たちも、その名前を口にしていた。真理子でさえ、目を見開き、少年のほうを見ている。

「——やめろ、相沢！」

叫《さけ》ぶと同時に、久美が飛び出した。

「陽さん、荒木さんを！」

スコップを振《ふ》りかざした陽介が、真理子を捕まえている少年に襲《おそ》いかかり、一撃《いちげき》で叩《たた》き伏《ふ》せ、彼女を解放する。

史郎は久美を追った。

走る久美は、タックルをかけるようにカプセルにしがみつき、少年たちを撥《は》ね飛ばす勢いで奪《うば》い取ったものの、そのまま地面に転げた。はずみで蓋が外れ、中身がこぼれる。

「ダメだ、開けちゃダメだ、ダメなんだ！」

必死になって、飛び出した中身をカプセルの中に戻《もど》そうとする。包みを中に戻し、さらに蓋を被《かぶ》せようとし、それがうまくいかないとなると、手で、体で覆《おお》おうとする。

「いいんだ……。もういいんだ、やめてよ、武藤さん」

久美の肩《かた》に手が置かれる。置いたのは相沢稔だった。

「――どういうことなの？」

その場にいる人間の大部分が抱《いだ》いただろう疑問を、美春が口にする。

「三年前、相沢が、お母さんが再婚《さいこん》するのを厭《いや》がってたから、だから、再婚相手との仲をぶち壊《こわ》すために指輪を盗《ぬす》んじゃえって、あたしが唆《そそのか》したんだ」

地面を睨《にら》みつけるようにして、久美が言う。

「確かに最初に言ったのは武藤さんだけど、実行したのは僕だ。悪いのは僕だよ。武藤さんじゃない」

稔が、久美の肩に置いた手に力を入れる。

「盗んだ指輪が見つかったら大変なことになるから、処分しなきゃいけないと思った。でも、どうしたらいいのか、判《わか》らなかった。捨てても、何かのはずみで出てきそうな気がしたから、恐《こわ》くて捨てられなかった。罪悪感のせいだろうな。そんな時――」

「タイムカプセルに入れればいいって、そうすれば一〇年間はぜったいに見つからないって、そう言ったんだ、あたしが……」

「だから、仲間に頼《たの》んで、カプセルが見つかるかもしれない発掘を妨害《ぼうがい》して、ついでに発掘部が見つけたカプセルを横取りしようとしたってわけね？」

美春の問い掛《か》けに、久美が力なくうなずく。

「カプセルには名前が書いてあるし、指輪には二人のイニシャルが刻んであるんだ。言い逃《のが》れはできないもん。だから掘り返されないようにって――」

「ごめん、武藤さん。武藤さんだけじゃない、みんなに謝らなくちゃいけない。僕は……あの後でカプセルを掘り出した」

一同の視線が稔に集中する。

「指輪がなくなっても、二人は結婚した。親父《おやじ》の転勤で、大阪《おおさか》に引っ越《こ》さなきゃならなくなって、僕は決心したんだ。指輪を返そう。そして、ほんとうのことを言って、二人に謝ろうって。だけど、カプセルの中に指輪はなかった――」

史郎が進み出て、バケツの蓋を開け、中身を取り出して地面に並べる。ビニールの包みが全部で六つあるが……。

「――ガムテープでくるんで、何か判らないようにして入れておいたんだけど、なくなっていた。理由は判らなかったけど、なんとなく、これは罰《ばつ》かなと思った。自分がやったことを忘れるなって言われているみたいな気がした。だから、自分の気持ちに区切りをつけようと思って、名前を書き直してから、もう一度、埋めたんだ」

しゃがみ込み、バケツの胴《どう》に書かれた名前を撫《な》でる稔。「相沢」が「阿久津」に書き直されているが、同じ人間の手による字であることは確かなようだ。

「ごめんなさい、悪いのはあたしです」

それまで息を詰《つ》めるようにして稔と久美を見詰めていた荒木真理子が進み出る。そして、襟《えり》元《もと》から紐《ひも》を手繰《たぐ》る。紐の先には匂《にお》い袋《ぶくろ》がぶら下がっていた。真理子は袋の口をほぐすようにして、中から何かを取り出し、稔たちのほうへ差し出した。

「――指輪……」

本体は銀だろうか。精緻《せいち》な細工を施《ほどこ》された台座に透明《とうめい》な宝石が光っている。

「カプセルを閉じる時、中にゴミが入ったと思って、取り出したんです。ただのガムテープの切れ端《はし》にしては重くって、何かがくるまっているのは判りましたけど、中身が何なのかを確かめたのは、カプセルを埋めた後でした。ただ、イニシャルが――」

本体の裏側に、M・Aというアルファベットが二組、刻まれている。

「おふくろが美幸《みゆき》、親父が阿久津正雄《まさお》」

「まるで、相沢くんからあたしに贈《おく》られたみたいだって思って、それで、そのまま、誰《だれ》かに確かめることもできなくなっちゃって……」

「それじゃ、荒木さんがカプセルの発見を僕たちに依頼《いらい》したのは――」

「連休に、相沢くん、いえ、阿久津くんがこっちに遊びに来るって聞いたから。だから、その時までに指輪を戻しておこうって思ったから……」

「なんだよ、荒木、相沢のこと好きだったのかよ？」

どこか怒《おこ》ったような声で、しかし泣きそうな顔で久美が言う。

「だって武藤さんがいつも相沢くんのそばにいたから、あたしは見てるだけしかできなかったんだもん」

「あたしは、カプセルを探してるのが荒木だって知って、てっきり、指輪をネタに相沢を脅《おど》すとかするのかと思った」

「あたし、自分ではそんなつもりじゃなかったのに、泥棒《どろぼう》になっちゃったのかと思って、相沢くんの大切なものを盗《と》っちゃったのかと思って、悩《なや》んだんだから」

「——ごめん、意気地《いくじ》なしの僕がいちばん悪いんだ」

稔は、さっき史郎が並べた包みの一つを取り上げて、メッセージカードを取り出した。「勇気をもてよ」幼い字で、しかし、しっかりと書いてあった。

「今年の夏には、赤《あか》ん坊《ぼう》が生まれるんだ。僕より一六歳も下の弟だか妹だかが生まれるんだ。だから、三年前にやった間違《まちが》いを正さなくちゃいけないと思って、今度の連休にこっちに来る予定を立てたのは、もう一度カプセルを埋めた場所を見てみようと思ったからなんだ」

「バカみたいだ、あたし……」

「意味のないことで悩んでいたんですね、あたし」

「そんなことないわよ！」

美春が声を張り上げた。

「ちょっと行き違いがあったし、褒《ほ》められた方法でもないけど、いいじゃない、相手のことを考えてたんだから。野口くんたちは学校をサボってまで駆《か》け付けてくれたんだし、阿久津くんなんか大阪からよ」

三年振りの再会なのか、六人が改めてお互《たが》いの顔を見る。

「それに、気持ちは変わってないんでしょ、ほら」

バケツの蓋《ふた》を裏返して見せる。そこには寄せ書きがあった。いつまでも友だちで。何でも話せる友だちでいようね。俺たちの友情は不滅《ふめつ》だ！

「今度はよく考えて実行すればいいのよ。ねっ？」

顔を見合わせる三人。

「スコップ貸してやるから、そのカプセル、埋《う》め直せ。いつか誰かが掘《ほ》り返すんじゃないかってビクビクしないで済むように。一〇年、じゃないな、差し引き七年後か、その日を楽しみに待ってるように、埋め直せ」

陽介の差し出したスコップを、稔たちは戸惑《とまど》いながらも受け取った。

「なあ、予定を変更《へんこう》してさ、きょうから一〇年後に掘り出すことにしないか？」

野口信夫が言う。

「クサイ言い方だけどさ、きょうって、俺たちの友情の記念日になるんじゃないかなと思うんだ。だから、友情一〇周年の日に掘り返そうよ、このカプセル」

「いいんじゃない？」

「俺も賛成だ」

史郎がフェルトペンを差し出す。受け取った稔が埋蔵日《まいぞうび》をきょうの日付に書き直し、真理子と久美が、発掘《はっくつ》予定日を一〇年後のきょうに書き直した。

「いい機会だから、あんたたちも名前ぐらい書いときなさい。友情の記念になるし、道路にスプレーで落書きするより、ずっといいわよ」

美春に言われ、それまで陽介の視線で金縛《かなしば》りになっていた暴走族の少年たちも、フェルトペンを受け取り、バケツの余白に名前を書き込んだ。

「いいところあるじゃない、二人とも。堀田くんも、自分のスコップを貸してあげたりして」

「別に、最初に受けた荒木さんの依頼を完遂《かんすい》しただけですから」

「俺は、埋めるの好きじゃないから」

「はあっ？」

「掘るのは好きだけど、埋めるのは嫌《きら》いだ。昨日の暴走族を埋めるのも史郎に任せたし、俺にできるのは、ちょっと土をかけるくらいだ。せっかく掘り出したカプセルも、また埋め直すんだなあ」

への字口で心底残念そうに言う陽介の顔をまじまじと見てしまう。

「まあまあ、陽さん。僕たちは泥の中に埋もれていた友情を掘り出すことに成功したんだと思えば。カプセルはもう一度土の中だけど、友情は発掘されて、陽《ひ》の目を見たよ」

「そうか。——頭いいなあ、史郎」

「考えるのは僕の仕事だからね」

「そうか、そうか」

急に足取りの軽くなった陽介。史郎も続く。

「——そうだ、出雲さん」

不意に立ち止まった史郎が、美春のほうを振り向く。

「きょうのことは部外秘でお願いしますね」

それだけ言うと、史郎はまた陽介の背中を追った。

——まったく、お宝発掘部って……。

舌打ちしたいような気持ちといっしょに、笑い出したいような気分が胸の片隅を占《し》めていることに美春は気付いた。

# エピローグ

「また、二人っきりに戻《もど》っちゃったね」

「そうだな」

「淋《さび》しい、陽さん？」

「…………」

「おもしろい娘《こ》だったよね。生真面目《きまじめ》で、純情で、けっこうお調子者だったりして」

「誰《だれ》がお調子者よ？」

「出雲？」「出雲さん？」

クラブ棟《とう》の屋上。テントの脇《わき》でダンベルを上げ下げしている陽介と、固形燃料の火にかけたケトルでコーヒーの支度《したく》をしている史郎。あいかわらずの二人を美春は睨《にら》みつけた。

「——あの、きょうは何のご用ですか？」

笑顔で、しかし、どこか恐《おそ》る恐《おそ》るといった様子で史郎が訊《たず》ねる。

「なに言ってるの。部活の時間だから、来たんじゃないの」

「——はい？」

「部活の時間だから、お宝発掘部の活動をしに、ここに来たんでしょ」

史郎が陽介を見る。陽介もダンベルを持った手を止めて、史郎を見返した。

「出雲さん、茶道部に戻ったんじゃないんですか？」

「正式に登録を出しました。今年度は、お宝発掘部で活動します」

実態調査に完璧《かんぺき》を期すためにね――。心のなかで付け加える。

確かに、タイムカプセルをめぐる一件は、陽介と史郎の活躍《かつやく》で解決した。あの後で荒木真理子にそれとなく話を聞いてみたが、報酬《ほうしゅう》の要求などは一切なかったという。しかし――。

――そもそも、タイムカプセルの発掘なんて依頼《いらい》を二人が受けたのが事件の始まりって考え方だってできるじゃない。

暴走族との乱闘《らんとう》もあった。他《ほか》の学校の生徒である野口信夫たちに学校をサボらせたのもお宝発掘部だ。美春に数々の嘘《うそ》をつかせたのだって――。

――それに、まだ判《わか》っていないこともあるしね。

史郎がお宝発掘部を作った理由は、本人の口から聞くことができた。だが、陽介が参加している理由はまだ判らない。部活の目標として「夢の再発見」を掲《かか》げてはいるが、それが具体的に何を目指しているのかも不明だ。

茶道部から離《はな》れなければならないのは残念だったけれど、何といっても美春は「努力」「正直」「誠実」の女である。さらには石頭の頑固者《がんこもの》でもある。実態を明らかにしないまま調査を途中《とちゅう》で放り出すなんて、できない。ぜったいに。

ずいぶん興味をもったみたいだね、お宝発掘部に。それとも、興味のあるのは部員のほうかな——。美春が潜入捜査《せんにゅうそうさ》の継続《けいぞく》を申し出た時、剣持薫はそう言って微笑《びしょう》した。美春は慌《あわ》てて打ち消した。自分がお宝発掘部に残るのは、あくまでも実態調査を完璧にするためで、それ以外の理由なんてまったくありません！

でも、このあいだ、発掘部の部員といっしょにアイスクリームを食べていたって情報が入っているよ？　穏《おだ》やかな笑顔のまま剣持が言う。

あれも捜査の一環《いっかん》です！　いったい誰に見られていたんだろう？　背筋が冷たくなるやら、頬《ほお》が火照《ほて》るやらで、あたふたしながら美春は釈明《しゃくめい》し、あくまでも、あくまでも実態調査を完璧にするための潜入捜査であることを強調した。

出雲くんの熱意は解《わか》った。納得のいくまで、存分にやるといい——。端正《たんせい》な剣持の横顔に、美春はしばらくのあいだ見とれていた。

「今年度は、お宝発掘部で活動します。よろしくね、嵯峨くん、堀田くん」

頭を下げる。

「そうか」

「歓迎《かんげい》しますよ、出雲さん。いちばん歓迎してるのは、陽さんかな？」

「…………」

無愛想な顔がそっぽを向いている。頬が少し赤いように見えるのは、気のせいだろうか。

「じゃあ、コーヒーで乾杯《かんぱい》しましょうか」

差し出されたカップを受け取る。

「新入《しんにゅう》部員に、乾杯」

触《ふ》れ合ったカップが小さな音を立てる。ほんの少しだけ感動する美春。

「それで、さっそくですが、次のお宝探しです。沈没船《ちんぼっせん》なんですけどね――」

「俺《おれ》は反対だ」

「どうして？」

「沈没船じゃ、穴が掘《ほ》れない」

きっぱりと言う陽介に、美春は胸の奥《おく》で小さくため息をついた。

――やっぱり、お宝発掘部は……！

# あとがき

読者の方から質問をいただきました。

「麻生さんは、〝怒《おこ》りんぼの委員長〟というキャラに何か特別な思い入れがあるのですか？」

お答えします。ありません。――その割にたくさん出てますけど、怒りんぼの委員長……。

ありがたいことに、これまで登場させた怒りんぼの委員長たちは、読者の皆《みな》さんには好評をもって迎《むか》えられました。ここで、「彼女たちを登場させたのは、実は、麻生が学生時代に好きだった女の子が怒りんぼの委員長だったからだ！」とか、そういう甘酸《あまず》っぱい理由でもあればおもしろいのですが、実際にはまったく別の理由によります。

男の子が、気になる女の子にあれこれちょっかいを出すというのは、現実とフィクションとを問わず、しばしば見られる現象です（〝ちょっかいを出す〟というのは、あまり良い言い方ではありませんが……）。でも、女の子だって、気になる男の子がいれば、あれこれちょっかいを出すものでしょう。また、そういうあれこれが描写《びょうしゃ》されてこそ、読者の皆さんにその女の子のことを「かわいいな」と思っていただけるのではないでしょうか。

ところが、女の子からのそんなアプローチが書けないのですね、麻生は。例えば、料理上手の男の子ばかり書いてきたせいか、「今さら手作りのお弁当でもないだろ」ってなことになってしまうわけです。さて、どうしましょう？

そこで「委員長」を導入してみます。あいつに声をかけるのは、あくまでも委員長としての仕事だからであって、別にあいつのことなんて何とも思っていないわよ――。あら、不思議。委員会の仕事という言い訳を導入しただけで、女の子はスムーズに男の子にちょっかいが出せるようになりました。いやあ、これは便利だ。他《ほか》にも、病弱な男の子のことを保健委員の女の子が気にしているなんてバリエーションも使えそうだし。

ごめんなさい。以上、書いてきたことは、後から考えた理屈《りくつ》にすぎません。結果としてうまくいっただけで、最初に委員長を設定した時には、特別な狙《ねら》いや綿密な計算があったわけではないのです。怒りんぼの部分も含《ふく》めて、なんとなく書いちゃったんですよね。やっぱり、麻生は怒りんぼの委員長が好きなのでしょうか？

しかし、便利ではありますが、毎度毎度、怒りんぼの委員長しか出てこないというのも問題があると思いますので、本作では生徒会役員を起用してみました。皆さんのご意見、ご感想をお待ちしております。

知り合いの某《ぼう》氏の次の長編のネタが宝探しだったり、別の知り合いの某氏の短編のネタがトレジャーハンティングだったりと、麻生のまわりでは宝探しが小ブームのようです。後発の麻生としては、パクリ疑惑《ぎわく》はともかく、出来映《できば》えを比べられそうで、ちょっと萎縮《いしゅく》気味。参考に考古学の本なども読んでみたけれど、あまり作中には活《い》かせませんでした（っていうか、そういうタイプの話じゃないんですけどね）。

でも、ひさしぶりに作中で料理をしたなとか、野郎《やろう》同士の会話がこれだけ多いのは初めてじゃないだろうかとか、書いている途中《とちゅう》はしんどくも妙《みょう》に楽しい作業でした（ちなみに主役コンビは、好きだった某特撮《とくさつ》ヒーロー番組にインスパイアされています。ヒントをくださった対馬《つしま》正治《まさはる》さんに感謝）。麻生の味わった楽しさの何分の一かでも読者の皆様に伝わればいいのですが。学園・変な人シリーズ第二弾《だん》（?）。気楽に、そう、おいしいコーヒーでも飲みながら（あるいは炒飯《チャーハン》でも食べながら）読んでいただけたら、幸いです。

この本は、以下の方々のご協力を得て完成しました。感謝いたします。

崖《がけ》っ淵《ぷち》から落っこちかけていたこの原稿《げんこう》の命綱《いのちづな》をしっかり握《にぎ》っていてくださった（落下中の麻生を引っ張り上げてくださった——のほうが正確?）編集部の吉田さん。

陽介《ようすけ》&史郎《しろう》（美春《みはる》も?）を不敵な面構《つらがま》えに仕上げてくださった別天荒人《べってんこうと》先生。

そして、この本を手に取ってくださった読者のあなたへ。この本があなたの宝箱のほんの片隅《かたすみ》でも占《し》めることができたなら、作者としてこれに優《まさ》る喜びはありません。

二〇〇一年一〇月

麻生俊平

付記　本書の内容はフィクションであり、作中に登場する人物、団体、事件等はすべて架空《かくう》のもので、実在のものとは一切関係ありません。

続・付記　富士見書房様のほうの新企画《しんきかく》（シリアスもの）、深く静かに進行中です。今回は、某人気クリエーター（ちょっと意外な人かも……）にご協力いただいて、いままでにないタッチのハードなラブ・ストーリー（？）を目指しました。もうしばらくお待ちください。

突撃《とつげき》 お宝《たから》発《はつ》掘《くつ》部《ぶ》

# 深《ふか》く静《しず》かに掘《ほ》りかえせ！

麻《あ》生《そう》俊《しゅん》平《ぺい》

角川文庫 12152


平成十三年十一月一日 初版発行

発行者——角川歴彦

発行所——株式会社角川書店

東京都千代田区富士見二—十三—三

電話 編集部（〇三）三二三八—八六九四

営業部（〇三）三二三八—八五二一

〒一〇二—八一七七

振替〇〇一三〇—九—一九五二〇八

印刷・製本——e—Bookマニュファクチュアリング

装幀者——杉浦康平





S 98-5 ISBN4-04-422005-0 C0193

# 角川文庫発刊に際して

角　川　源　義

第二次世界大戦の敗北は、軍事力の敗北であった以上に、私たちの若い文化力の敗退であった。私たちの文化が戦争に対して如何に無力であり、単なるあだ花に過ぎなかったかを、私たちは身を以て体験し痛感した。西洋近代文化の摂取にとって、明治以後八十年の歳月は決して短かすぎたとは言えない。にもかかわらず、近代文化の伝統を確立し、自由な批判と柔軟な良識に富む文化層として自らを形成することに私たちは失敗して来た。そしてこれは、各層への文化の普及滲透を任務とする出版人の責任でもあった。

一九四五年以来、私たちは再び振出しに戻り、第一歩から踏み出すことを余儀なくされた。これは大きな不幸ではあるが、反面、これまでの混沌・未熟・歪曲の中にあった我が国の文化に秩序と確たる基礎を齎らすためには絶好の機会でもある。角川書店は、このような祖国の文化的危機にあたり、微力をも顧みず再建の礎石たるべき抱負と決意とをもって出発したが、ここに創立以来の念願を果すべく角川文庫を発刊する。これまで刊行されたあらゆる全集叢書文庫類の長所と短所とを検討し、古今東西の不朽の典籍を、良心的編集のもとに、廉価に、そして書架にふさわしい美本として、多くのひとびとに提供しようとする。しかし私たちは徒らに百科全書的な知識のジレッタントを作ることを目的とせず、あくまで祖国の文化に秩序と再建への道を示し、この文庫を角川書店の栄ある事業として、今後永久に継続発展せしめ、学芸と教養との殿堂として大成せんことを期したい。多くの読書子の愛情ある忠言と支持とによって、この希望と抱負とを完遂せしめられんことを願う。

一九四九年五月三日

突撃
お宝発掘部
深く静かに掘りかえせ!